人民共和國文化與文學叢書

二 編

李 怡 主編

第 **15** 冊

黑乳罩：1949年後外國電影
在中國大陸的文化傳播和世俗影響（上）

袁慶豐 著

花木蘭文化出版社

國家圖書館出版品預行編目資料

黑乳罩：1949 年後外國電影在中國大陸的文化傳播和世俗影響（上）／袁慶豐 著 -- 初版 -- 新北市：花木蘭文化出版社，2015〔民 104〕
序 4+ 目 2+172 面；19×26 公分
（人民共和國文化與文學叢書 二編：第 15 冊）
ISBN 978-986-404-227-2（精裝）
1. 電影文學 2. 文學評論
820.8   104011330

特邀編委（以姓氏筆畫為序）：

ISBN- 978-986-404-227-2

吳義勤 孟繁華 張 檸
張志忠 張清華 陳思和
陳曉明 程光煒 劉福春
（臺灣）宋如珊
（日本）岩佐昌暲
（新西蘭）王一燕
（澳大利亞）鄭 怡

9 789864 042272

人民共和國文化與文學叢書
二 編 第十五冊   ISBN：978-986-404-227-2

黑乳罩：1949 年後外國電影
在中國大陸的文化傳播和世俗影響（上）

作　　者 袁慶豐
主　　編 李 怡
企　　劃 北京師範大學民國歷史文化與文學研究中心
　　　　　四川大學現代中國文化與文學研究中心
總 編 輯 杜潔祥
副總編輯 楊嘉樂
編　　輯 許郁翎
印　　刷 普羅文化出版廣告事業
出　　版 花木蘭文化出版社
社　　長 高小娟
聯絡地址 235 新北市中和區中安街七二號十三樓
　　　　　電話：02-2923-1455 ／傳真：02-2923-1452
網　　址 http://www.huamulan.tw 信箱 hml810518@gmail.com
初　　版 2015 年 9 月
全書字數 234096 字
定　　價 二編 16 冊（精裝）台幣 28,000 元

黑乳罩：1949年後外國電影在中國大陸的文化傳播和世俗影響（上）

袁慶豐　著

作者簡介

　　袁慶豐，男，1963 年生人。上海華東師範大學文學博士（1993）。北京大學（1996～1998、2000～2002）、美國 TCC 社區學院（1999）、北京電影學院（2009～2013）訪問學者。中國傳媒大學副教授（1996）、教授（2002）、電影學專業博士生導師（2009）。

　　著有《黑馬甲：民國時代的左翼電影——1932～1937 年現存中國電影文本讀解》（上下冊，臺灣花木蘭文化出版社 2015 年版）、《黑棉襖：民國文化中的舊市民電影——1922～1931 年現存中國電影文本讀解》（上下冊，臺灣花木蘭文化出版社 2014 年版）、《新世紀中國電影讀片報告》（中國傳媒大學出版社 2014 年版）、《黑夜到來之前的中國電影——1937 年現存國產影片文本讀解》（中國廣播電視出版社 2012 年版）、《黑白膠片的文化時態——1922～1936 年中國早期電影現存文本讀解》（上海三聯書店 2009 年版）、《欲將沉醉換悲涼——郁達夫傳》（上海文藝出版社 1998 年第一版、香港花千樹出版有限公司 2001 年海外繁體字版、中國傳媒大學出版社 2010 年第三版）、《靈魂的震顫——文學創作心理的個案考量》（學術論文集，北京廣播學院出版社 2002 年版）、《郁達夫：掙扎於沉淪的感傷》（山東文藝出版社 1997 年版）。近十年來致力於民國電影歷史理論、中外經典電影文本研究，以及外國電影在大陸的傳播等方面的教學與科研。

提　　要

　　由於「二戰」後全球「冷戰」格局的形成和 1949 年後大陸採取的「一面倒」的施政方針，幾十年來數以億計的觀影群體和完全由官方嚴格掌控的外國影片譯製，形成電影史上空前絕後的人文景觀：從 1950 年到 1970 年代末期「文革」結束之前，大陸普通民眾幾乎看不到西方資本主義國家尤其是美國和日本的電影。相反，大批社會主義國家的電影，成為當局常年累月反覆灌輸的同質化意識形態影像「教材」和民間窺視、揣測外部世界的唯一管道。1977 年後，隨著西方國家電影的湧入以及政治理念大壩的漸次崩塌，西方電影成為大陸民眾趨之若鶩的精神食糧，熱愛、享用甚至依賴、沉溺至今。

　　本書是大陸第一部全部以個案讀解形式，全面分析 1949 年後進入中國大陸公映的外國電影的專門著述。由於各章全部源自作者的大學課堂講稿，因此雖然歷經學術論文的格式化處理壓縮，依然難掩活潑靈動、不拘一格的研討特色，具有學術著述少見的個體化和親證性。而且，幾乎所有章節在內地發表時，都有被刪改乃至多次退稿的情形。作者將 1989 年之前進入中國大陸並引發巨大社會反響的一百多部外國電影逐一研討，既可以從中明瞭外國電影在中國大陸的傳播歷史和文化影響，也可以得見其幾十年來對億萬觀眾世俗生活和審美理念全方位的即時滲透和強力衝擊。限於篇幅，本書僅選取了蘇聯、阿爾巴尼亞、羅馬尼亞、南斯拉夫、北朝鮮、北越、日本、印度和美國等 9 個國家的代表性影片讀解，以饗讀者。更多精彩篇章，有待來茲。

此書獻給

以往的青春、熱血和夢想
以及
與我一起看電影的小夥伴

世界知識、地方知識
與人民共和國文學研究

李　怡

　　無論我們如何估價近 30 年來的中國文學研究成果，都不得不承認這樣一個事實，即當代中國文學研究的發展演變與我們整個知識系統的轉化演進有著密切的聯繫，這種聯繫不僅勾畫了迄今為止我們文學研究的學術走向，而且也將為未來的學術前行提供新的思路。

　　回顧近 30 年來的中國文學研究的知識背景，我們注意到存在一個由「世界知識」與「地方知識」前後流動又交互作用過程。考察分析「知識」系統的這些變動，特別是我們對「知識系統」的認識和依賴方式，將能折射出我們學術發展過程中的值得注意的重要問題，促使我們作出新的自我反省。

一

　　在對人民共和國文學的研究之中，「世界」的知識框架是在新時期的改革開放中搭建起來的。「世界」被假定為一個合理的知識系統的表徵，而「我們」中國固有的闡釋方式是充滿謬誤的，不合理的。新時期當代中國文學的研究是以對「世界」知識的不斷充實和完善為自己的基本依託的，這樣的一個學術過程，在總體上可以說是「走向世界」的過程。「走向世界」代表的是剛剛結束十年內亂的中國急欲融入世界，追趕西方「先進」潮流的渴望。在中國現當代文學研究界乃至中國學術界「走向世界」呼籲的背後，是整個中國社會對衝出自我封閉、邁進當代世界文明的訴求。在全中國「走向世界」的合奏聲中，走向「世界文學」成了新時期中國現代文學研究的「第一推動力」。

　　在那時，當代中國文學研究是努力以中國之外「世界」的理論視野與方法為基礎的。以國外引進的自然科學的研究方法——「三論」（系統論、信息論、控制論）為起點，經過 1984 年的反思、1985 年的「方法論年」，西方文學理論與批評得到了到最廣泛的介紹和運用，最終從根本上引導了當代中國文學批評的主潮。

　　人民共和國文學的研究也是以中國之外的「世界」文學的情形為參照對象的，比較文學成為理所當然的最主要的研究方式，比較文學的領域彙集了當代中國文學研究實力強大的學者，中國學術界在此貢獻出了自己最重要的成果。新時期中國學人重提「比較文學」首先是在外國文學研究界，然而卻是在一大批中國現代文學研究者介入，或者說是在中國現代文學研究界將它作為一種「方法」加以引入之後，才得到長足的發展。正如王富仁先生所說：「我們稱之為『新時期』的文學研究，熱熱鬧鬧地搞了 10 多年，各種新理論、新觀念、新方法都『紅』過一陣子。『熱』過一陣子，但『年終結帳』，細細一核算，我認為在這十幾年中紮根紮得最深，基礎奠定得最牢固，發展得最堅實，取得的成就最大的，還是最初『紅』過一陣而後來已被多數人習焉不察的比較文學。」〔註 1〕

　　這些文學研究設立了以「世界」文學現有發展狀態為自己未來目標的潛在意向，並由此建立著文學批評的價值取向。曾小逸主編《走向世界文學》一書不僅囊括了當時新近湧現、後來成為本學科主力的大多數學者，集中展示了那個時期的主力學者面對「走向世界」這一時代主題的精彩發言，而且還以整整 4 萬 5 千餘字的「導論」充分提煉和發揮了「走向世界文學」的歷史與現實根據，更年輕一代的學人對於馬克思、歌德「世界文學」著名預言的接受，對於「走向世界」這一訴求的認同都與曾小逸的這篇「導論」大有關係。一時間，僅僅局限於中國本身討論問題已經變成了保守封閉的象徵，而只有跨出中國，融入「世界」、追逐「世界」前進的步伐，我們才可能有新的未來。

　　進入 1990 年來之後，我們重新質疑了這樣將「中國」自絕於「世界」之外的思想方式，更質疑了以「西方」為「世界」，並且迷信「世界」永遠「進化」的觀念。然而，無論我們後來的質疑具有多少的合理性，都不得不承認，

〔註 1〕　王富仁：《關於中國的比較文學》，見王富仁《說說我自己》125 頁，福建人民出版社 2000 年。

一個或許充滿認知謬誤的「世界」概念與知識，恰恰最大限度地打破了我們思維閉鎖，讓我們在一個全新的架構中來理解我們的生存環境與生命遭遇。這就如同 100 多年前，中國近代知識分子重啓「世界」的概念，第一次獲得新的「世界」的知識那樣。「世界」一詞，本源自佛經。《楞嚴經》云：「世爲遷流，界爲方位。」也就是說，「世」爲時間，「界」爲空間，在中國文化的漫長歲月裏，除了參禪論道，「世界」一詞並沒有成爲中國知識分子描述他們現實感受的普遍用語。不過，在近代日本，「世界」卻已經成爲了知識分子描述其地理空間感受的新語句，當時中國的知識分子在談及其日本見聞的時候，也就便將「世界」引入文中，例如王韜的《扶桑遊記》，黃遵憲的《日本國志》，20 世紀初，留日中國知識分子掀起了日書中譯的高潮，其中，地理學方面的著作占了相當的數量，「大部分地理學譯著的原本也是來自日本」。〔註2〕隨著中國留學生陸續譯出的《世界地理》、《世界地理誌》等著作的廣泛傳播，「世界」也才成爲了整個中國知識界的基本語彙。世界，這是一個沒有中心的空間概念。

「世界」一詞回傳中國、成爲近現代中國基本語彙的過程，也是中國知識分子認知現實的基本框架——地理空間觀念發生巨大改變的過程：我們所生存的這個世界並非如我們想像的那樣以中國爲中心。是的，在 100 年前，正是中國中心的破滅，才誕生了一個更完整的「世界」空間的概念，才有了引進「非中國」的「世界」知識的必要，儘管「中國」與「世界」在概念與知識上被作了如此不盡合理「分裂」，但「分裂」的結果卻是對盲目的自大的終結，是對我們認識能力的極大的擴展。這，大概不能被我們輕易否定。

二

1990 年代以後人們憂慮的在於：這些以西方化的「世界」知識爲基礎的思想方式會在多大的程度上壓抑和遮蔽了我們的「民族」文化與「本土」特色？我們是否就會在不斷的「世界化」追逐中淪落爲西方「文化殖民」的對象？

其實，100 餘年前，「世界」知識進入中國知識界的過程已經告訴我們了一個重要事實：所謂外來的（西方的）「世界」知識的豐富過程同時伴隨著自我意識的發展壯大過程，而就是在這樣的時候，本土的、地方的知識恰恰也

〔註 2〕鄒振環：《晚清西方地理學在中國》244 頁，上海古籍出版社 2000 年版。

獲得了生長的可能。

100 餘年前的留日中國學生在獲得「世界」知識的同時，也升起了強烈「鄉土關懷」。本土經驗的挖掘、「地方知識」的建構與「世界」知識的引入一樣的令人矚目。他們紛紛創辦了反映其新思想的雜誌，絕大多數均以各自的家鄉命名，《湖北學生界》、《直說》、《浙江潮》、《江蘇》、《洞庭波》、《鵑聲》、《豫報》、《雲南》、《晉乘》、《關隴》、《江西》、《四川》、《滇話》、《河南》……這些本土的所在，似乎更能承載他們各自思想的運動。在這些以「地方性」命名的思想表達中，在這些收錄了各種地域時政報告與故土憂思的雜誌上，已經沒有了傳統士人的纏綿鄉愁，倒是充滿了重審鄉土空間的冷峻、重估鄉土價值的理性以及突破既有空間束縛的激情，當留日中國知識分子紛紛選擇這些地域性的名目作為自己的文字空間之時，我們所看到的分明是一次次的精神的「還鄉」。他們在精神上重返自己原初的生存世界，以新的目光審視它，以新的理性剖析它，又以新的熱情激活它。

出於對普遍主義與本質主義的批判立場，美國著名的文化人類學家克利福德・格爾茲教授（Clifford Geertz）提出了「地方性知識」這一概念，在他的《地方性知識》一書中有過深刻的表述。「所謂的地方性知識，不是指任何特定的、具有地方特徵的知識，而是一種新型的知識觀念。而且地方性或者說局域性也不僅是在特定的地域意義上說的，它還涉及到在知識的生成與辯護中所形成的特定的情境，包括由特定的歷史條件所形成的文化與亞文化群體的價值觀，由特定的利益關係所決定的立場、視域等。」它要求「我們對知識的考察與其關注普遍的準則，不如著眼於如何形成知識的具體的情境條件。」〔註3〕作為後現代主義時代的思想家，克利福德・格爾茲強調的是那種有別於統一性、客觀性和真理的絕對性的知識創造與知識批判。雖然我們沒有必要用這樣的論述來比附百年前中國知識分子的「地方意識」的萌發，但是，在對西方現代化的物質主義保持批判性立場中討論中國「問題」，這卻是像魯迅這樣知識分子的基本選擇，當近現代中國知識分子提出諸多的地方「問題」之時，他們當然不是僅僅為了展示自己的地方「獨特性」，而是表達自己所領悟和思考著的一種由特定區域與「特定的歷史條件」所決定的價值追求。而任何一個不帶偏見地閱讀了中國現代文學作品的人都可以發現，這些價值追求既不是西方文化的簡單翻版，也不是地方歷史的簡單堆積，它們屬於一

〔註 3〕 盛曉明：《地方性知識的構造》，《哲學研究》2000 年 12 期。

種建構中的「新型的知識觀念」。

所以我認爲，近代中國知識分子這種依託地方生存感受與鄉土時政經驗的思想表達分明不能被我們簡單視作是「外來」知識的移植和模仿，更不屬於所謂「文化殖民」的內容。

同樣，在新時期的當代中國文學批評中，在重點展示西方文學批評方法的「方法熱」之同時，也出現了「文化尋根」，雖然後來的我們對這樣的「尋根」還有諸多的不滿；1990 年代以降，文學與區域文化的關係更成爲了文學研究的重要走向。竭力倡導「走向世界」的現代學人同樣沒有忽視中國文學研究的地方資源問題，在「後現代主義」質疑「現代性」、後殖民主義批判理論質疑西方文化霸權的中國影響之前，他們就理所當然地發掘著「地方性」的獨特價值，1989 年的中國現代文學研究會蘇州年會就以「中國現代作家與吳越文化」議題之一，在學者看來：「20 世紀中國新文學是在西方近代文學的啓迪下興起的。但就具體作家而言，往往同時也接受著包括區域文化在內的中國傳統文化的影響——有時是潛移默化的濡染，有時則是相當自覺的追求。」〔註4〕爲 20 在中國當代批評家的眼中，引入「地方性」視野既是一種「豐富」，也是一種「尊嚴」，正如學者樊星所概括的那樣：「在談論『中國文化』、『中國民族性』、『中國文學的民族特色』這些話題時，我們便不會再迷失在空論的雲霧中——因爲絢麗多彩的地域文化給了我們無比豐富的啓迪。」「當現代化大潮正在沖刷著傳統文化的記憶時，文學卻捍衛著記憶的尊嚴。」〔註5〕在這裏，「地方性」背景已經成爲中國學者自覺反思「現代化大潮」的參照。

三

重要的在於，「世界知識」與「地方知識」完全可以擺脫「二元對立」的狀態，而呈現出彼此激發、相互支撐的關係，中國文學從晚清到人民共和國的演化就說明了這一點。

在「世界知識」與「地方知識」相互支持的關係構架中，起關鍵性作用的是中國知識分子的自我意識的成長。對於文學批評而言，自我意識的飽滿

〔註4〕嚴家炎：《二十世紀中國文學與區域文化叢書·總序》，《二十世紀中國文學與區域文化叢書》，湖南教育出版社 1995 年版。

〔註5〕樊星：《當代文學與地域文化》21 頁，華中師範大學出版社 1997 年版。

和發展是我們發現和提煉全新的藝術感受的基礎，只有善於發現和提煉新的藝術感受的文學批評才能推動人類精神的總體成長，才能促進人生價值新的挖掘和發揚。在我們辨別種種「知識」的姓「西」姓「中」或者「外來」與「本土」之前，更重要是考察這些中國知識分子是否將獨立人格、自由意志與人的主體性作爲了自覺的追求，換句話說，在「知識」上將「世界」與「本土」暫時「割裂」並不要緊，引進某些「外來」的偏激「觀念」也不要緊，重要的在於在這樣的一個過程當中，作爲知識創造者的我們是否獲得了自我精神的豐富與成長，或者說自我精神的成長是否成爲了一種更自覺的追求，如果這一切得以完成，那麼未來的新的「知識」的創造便是盡可期待的，從「世界知識」的引入到「地方知識」的重新創造，也自然屬於題中之義，而且這樣的「地方知識」理所當然也就不是封閉的而是開放的。

從「世界知識」的看似偏頗的輸入到「地方知識」的開放式生長，這樣的過程原本沒有矛盾，因爲知識主體的自我意識被開發了，自我創造的活性被激發了。

在晚清以來中國的思想演變中，浸潤於日本「世界知識」的魯迅提出的是「入於自識，趣於我執，剛愎主己」，即返回到人的自我意識。〔註6〕

在1980年代，不無偏頗的「方法熱」催生了文學「主體性」的命題：「我們強調主體性，就是強調人的能動性，強調人的意志、能力、創造性，強調人的力量，強調主體結構在歷史運動中的地位和價值。」〔註7〕雖然那場討論尚不及深入展開。

過於重視「知識」本身的辨別和分析，極大地忽略了「知識」流變背後人的精神形態的更重要的改變，這樣我們常常陷入中/外、東/西、西方/本土的無休止的糾纏爭論當中，恰恰包括中國文學批評家在內的現代知識分子的精神創造過程並沒有得到更仔細更具有耐性的觀察和有說服力量的闡釋，其精神創造的成果沒有得到足夠的總結，其所遭遇的困難和問題也沒有得到深入細緻的分析。

在這個意義上，我們也可以認爲，現當代中國文學研究與「世界知識」、「地方知識」的關係又屬於一種獨特的「依託——超越」的關係，也就是說，

〔註6〕魯迅：《文化偏至論》，《魯迅全集》1卷50頁，人民文學出版社1981年版。
〔註7〕劉再復：《論文學的主體性》，《文學主體性論爭集》3頁，紅旗出版社1986年版。

我們的一切精神創造活動都不能不是以「知識」為背景的，是新知識的輸入激活了我們創造的可能，但文學作為一種更複雜更細微的精神現象，特別是它充滿變幻的生長「過程」，卻又不是理性的穩定的「知識」系統所能夠完全解釋的，對於文學創作與文學研究的考察描述，既要能夠「知識考古」，又要善於「感性超越」，既要有「知識學」的理性，又要有「生命體驗」激情，作為文學的學術研究，則更需要有對這些不規則、不穩定、充滿偏頗的「感性」與「激情」的理解力與闡釋力。

人類不僅是邏輯的知性的存在物，也是信仰的存在物，是充滿感性衝動與生命體驗的複雜存在。

自晚清、民國到人民共和國，中國文學現象的發生發展，不僅是與新「知識」的輸入與傳播有關，更與「知識」的流轉，與中國知識分子對「知識」的「理解」有關。我們今天考察這樣一段歷史，不僅僅需要清理這些客觀的知識本身，更要分析和追蹤這些「知識」的演化過程，挖掘作為「主體」的中國知識分子對這些「知識」的特殊感受、領悟與修改，換句話說，我們今天更需要的不是對影響中國文學這些的「中外知識」的知識論式的理解，而是釐清種種的「知識」與現代中國人特殊生存的複雜關係，以及中國知識分子作為創造主體的種種心態、體驗與審美活動，所謂的「知識」也不單是客觀不變的，它本身也必須重新加以複述，加以「考古」的觀察。這就是我們著力強調「民國歷史文化」、「人民共和國文化」之於文學獨特意義的緣由。

所有這些歷史與文學的相互對話，當然都不斷提醒我們特別注意中國知識分子的自由感受、自我生成著精神世界，正如康德對文藝活動中自由「精神」意義的描述那樣：「精神(靈魂)在審美的意義裏就是那心意付予對象以生存的原理。而這原理所憑藉來使心靈生動的，即它為此目的所運用的素材，把心意諸和合目的地推入躍動之中，這就是推入那樣一種自由活動，這活動由自身持續著並加強著心意諸力」〔註8〕

〔註 8〕康德：《判斷力批判》上卷第 159～160 頁，宗白華譯，商務印書館 1964 年版。

為自己看電影，給老師寫個序

叢禹皇

我是一個不懂電影的人。也只是偶而提筆寫些文字，當知道自己可以為袁老師的新書寫序的時候，心中大概是受寵若驚外加上暗自摩拳擦掌的感覺。

老師喜歡聽批評，每次課後的作業大都是要求對課上的演講提出不足之處。他講得是激情滿滿，然後學生們背上書包走人，沒幾個有心情來批評百十來堂課中的這一節。這是代溝嗎？

作為一個相對來講的年輕人，老師研究領域所涉及的影片，應該不是我們日常生活中會激起興趣的那一類。早在袁老師的課堂上就看了不少黑白片，面對寫作前讀書觀影的這一步驟，我早有了心理準備——那就是看我爺我奶我爸我媽他們年輕時候的東西。

如最開始所說，我只是一個不懂電影的人，坐在屏幕前能做到的就是看看故事，看看別人的團隊共同演繹出來然後展現給大家的故事。我深知自己的理解和語言都不會上陞到研究的高度，所以僅僅在這裏自顧自地陳述觀點。

我想我會像大多數年輕人一樣，或者大多數年輕人會像我一樣。對著幾部最近也差四十年的影片，心中無數省略號飄過，暗想，我真能樂意看這玩意麼？現在看片子分辨率最少也該 1080 啊！這黑白沒顏色，偶而還在屏幕一角閃出雪花，這是大自然的傑作麼？早期祖國公映的片子不都是高舉著領導人的旗幟就能憑藉愛和夢想打倒反動敵人的單一模式劇情麼？……

還沒看到老師針對電影寫的文章，對於老片子的遐想就夠出本書了。別笑，這才像我們這代人。

　　對於電影中意識形態的體現與電影語言的解讀我無法作出評價，我只是來盡力找袁老師的麻煩的。我一定會遵從師命做出合理範圍的批評，但是在此之前我還是有必要絮叨絮叨這一堆年齡超過我爹媽甚至還有能做我爺爺兄弟的電影。

　　我錯了，我真的錯了。我以為社會主義國家的老電影都是紅色的革命片，如老師平時講課時調侃所說，一個英勇的戰士抱著另外一個快要就義的英勇的戰士，兩人耳鬢廝磨交換著心願，接著一人倒下了，千萬人站起來了，一句「為了共產主義事業，為了中華人民共和國，衝啊！！！」然後敵人就被打死了。

　　我沒想到那麼多上了歲數的外國電影打起仗來是如此精彩，有流血有犧牲，勝利不是完全的勝利，伴隨著英烈的逝去，留下了一片片修不回原樣的房屋的殘骸和個人的生的遺憾。這才是真正的故事，帶不帶有政治意義都好，對於看的人來說，能看到這樣的故事就不是一件浪費時間的事情。

　　如果我沒猜錯的話，讓我們這代絕大多數年輕人來看《列寧在 1918 年》，沒看就得先說一革命片然後黨的領袖列寧又贏了有啥好看。可讓我引用老師文中一位高齡教師的話：「這都是激動了我們年輕時代的東西啊！」這樣說來說，這些玩意真那麼腐朽不堪麼？

　　最最顛覆我觀念的是朝鮮電影《看不見的戰線》，如此安靜的反特務片那是真開了眼界。金日成將軍呢？人民哭喊著只因看見了一眼領袖的盛況呢？我們好多人心中都帶有偏見地看待的那個朝鮮在哪呢？我本來以為我會看見一群傻子然後笑他們傻呀。看完後我發現，我才是個傻子。

　　我對老片子的偏見越來越少，看老師文章後懂的東西越來越多。

其實老師的要求給我帶來了困擾，帶著找毛病的心態去讀文章不太容易找到毛病。難道我要說排版不好看嗎？那是編輯的事，我還沒看到最終排版呢。

認識袁老師很久，大概知道這是個大概什麼樣的人。老師對工作的熱愛可以說是達到了偏執的程度，看文章就能感受得到，更不用說一年多的交往。

前面的話都是跑題的，可以不看，看到這裏證明已經晚了。我在這兒開始執行批評老師文章的任務。

老師想讓更多人瞭解這些近乎被遺忘的經典的心情我懂，老師文中的獨到見解確實讓人拍手稱讚，對於前輩師長們來說，這書中即便存在爭議也是學術性的討論，而非本質上的錯誤。但是作為一個年輕人來講，如果不是之前上了一年老師講的老電影課的底子，我也許不會完完整整地看完這本書裏說到的九部影片，雖然憑良心講它們棒極了。

書中的文章基本是寫給熟悉電影的同齡人們看的，想想小了一二三十歲的人真的不咋容易熱淚盈眶地說出「這是激動了我們的東西啊」這樣的話。然而出現這樣的問題我們能怪誰呢？

老師熱愛著老電影，也許到了對年輕人忽略這些經典達到了可惜，不，是痛惜的程度。老師看到的我們也許是一個個不求上進的年輕人，換用我們年輕人的想法來看，老師也許就只是千萬老頑固中的一個。難道我們要笑呵呵的說彼此彼此嗎？俗話說三年一個代溝，兩代人怎麼都「代」出十來個了，理解不了是應當的，用老百姓的做法，互相罵甚至捶都沒啥。但是浮躁的我

們和固執的前輩們都有屬於自己一輩的東西，敞開心扉去觸碰下難道不是件再好不過的事情嗎？

我作為小一輩的學生來講，實在難以達到情那麼深的程度，大多數的時間我也是固執的認為老一輩的東西雖有它的好，但是和這一輩的生活相去甚遠。但是我想我永遠都忘不了，我媽瞧見我看著黑白老片子時興奮地談起我姥姥的事，還有小時候擁有的和電影中款式相同的衣服。緊接著在問過我看的《流浪者》是哪國的來著後，迅速的補充了一句：「印度的啊，最有的，《大篷車》！」

也許我們都是不懂電影的人，在屏幕前看一群人從世界中拿到靈感，再演繹出的交還給世界的一個故事而已。

雖然我是晚輩，但還是總覺得總稱什麼年輕人把老師叫老了，請見諒。也請帶著不一樣的心情再次看看這些老電影。也許有那麼一天，不再是我看完了電影才能看完這本書，而是多少人看完了這本書，折回去，一遍遍地看這些電影。

2014 年 2 月 26 日

（作序者係中國傳媒大學信息工程學院廣播電視工程專業 2012 級 3 班本科生）

本書體例申明

甲、本書中以個案形式具體討論的 9 部影片，其 VCD 版和 DVD 版的碟片，全部屬於中國大陸市場公開售賣的產品。需要特別說明的是，這些影片的 VCD 版本大多是當年大陸公映的電影膠片的翻拍版，換言之，這些電影當年公映時的譯製版幾乎全部是刪節版。2007 年前後，大陸先後出現了印度影片《流浪者》和日本影片《追捕》的 DVD 版，也就是完整的未刪節版本。因此，本書討論的其餘 7 部影片，依據的只能是原影片的刪節版本。鑒於大陸現行多年的文化體制，我對能找到或得見其餘全部影片的未刪節版本不抱樂觀態度。

乙、本書中以個案形式具體討論的全部影片，排序上沒有特別的嚴格約束，只是大致按照其公映的時間或時代列出。所有影片的 VCD 版本時長標注，均為其實際時長，因此，這一定會與相關資料譬如 IMDB（Internet Movie Data Base，互聯網電影數據庫）的標注有不少出入。其原因，基本上可以推斷為是原片在譯製和公映時為檢查機關有意刪節所致。因此，除了 DVD 版本的數據可靠外，VCD 版本的時長絕對不能與其原片時長數據相提並論。

丙、每章正文前面的**專業鏈接** 1 中放入圓括弧即（ ）裏面的文字，是我為方便讀者做的注解性說明。尤其是《列寧在十月》一片，由於 VCD 版《演職員表》和《譯製職員表》全部缺失，只能根據盡可能找到的資料補充，以利於讀者對影片的讀解。譬如：〉〉〉**主要人物**：鮑里斯‧史楚金（飾演列寧，配音演員：白景晟）、尼古拉‧巴甫洛維奇‧奧赫洛普科夫（飾演瓦西里，配音演員：徐世彥）、Semyon Goldshtab（飾演斯大林，配音演員：不詳）；維‧瓦寧（飾演衛隊長馬特維耶夫，配音演員：不詳）；弗拉基米爾‧波克羅夫斯基（飾演捷爾任斯基，配音演員：不詳）。

　　丁、近十幾年來，我同時爲幾間大專院校的本科生和研究生開設、主講了多門有關外國電影的選修課和專題課，有些影片講過不止一次，現在這本書的所有篇章，都是在我這些年講課的錄音文字稿基礎上形成的。因此，無論是以前刪改成學術論文格式先行發表，還是此次將不同時間的講稿合併、修訂並輯爲一書，都始終沒有從根本上改變我原有的言說模式和論證體系。而由於研討時間、聽課對象以及演講場合的不同，在提及一個或多個國家、一部或多部電影在中國大陸的傳播和影響，尤其是相同的接受背景和相同的文化影響時，不得不保留多有近似甚至是重複性的觀點、表述以及類似的世俗參證。考慮到讀者讀取時的理解方便，對此基本上不做大的改動或刪削，依然保持各篇章（影片）相對獨立、自成體系的面貌，以盡可能復原現場觀摩後的感性氛圍和觀照角度。

　　戊、考慮到即使是當年的熱心觀眾如今也大多年紀老大，更考慮到即使是專業觀眾群體譬如高校影視專業在讀學生（包括研究生），對本書具體讀解的 9 部影片也未必都有完整重溫的精力和耐心觀賞的興趣。因此，根據十餘年來我個人的研究心得和不同層次學生們在課堂上的集體觀摩反應，於每部影片的讀解意見之前，給出了一個純個人標準的**現今觀賞推薦指數**供讀者參考批判，（至於以往影片人氣指數的標注，更是我當年主觀感受和現今理性分

析的個人綜合判斷）。實際上，我認為一星★只有專業研究的參考價值，二星★★具備一般性研究的史料意義，三星★★★影片具備一定的批判觀賞價值，四星★★★★的具有現實借鑒意義，五星★★★★★（未刪節的全本和原聲版）影片則不無重新公映之價值。

己、正文九章中的七章在修訂輯為本書之前，其主體文字部分都曾被各層級的學術雜誌採用、公開發表。由於眾所週知的原因，這些文字發表時幾乎都被不同程度地刪節，或徑直被修訂成官方認可的表述語句或模式，（其餘沒能發表的兩章則因「內容不當」或「格式不符」，被屢次退稿）。因此，除了訂正已發現的錯訛文字、標點符號並補入雜誌版的**關鍵詞**外，所有的文字和表述全部恢復為我最初言說時的本來面貌；同時，將雜誌發表版的**內容摘要**部分與現今的**閱讀指要**酌情整合，並將雜誌發表版的英文摘要附在文末，（當初沒有的，現今統一翻譯補入）以資檢索。因此，我特別於每一章的最後一條注**釋**中，對其收入本書前的發表情況都逐一做了具體交代，敬請核查審校。

庚、二十年前，我因為不肯給同事出具假成績而得罪了頂頭上司，為學術研究和糊口謀生計，十幾年前不得已從中國現代文學研究領域轉入中外電影歷史和理論的教學與科研〔註 1〕，成果大多輯入數本著作出版，（即《黑馬甲：民國時代的左翼電影——1932～1937 年現存中國電影文本讀解》上下冊，臺灣花木蘭文化出版社 2015 年版；《黑棉襖：民國文化中的舊市民電影——1922～1931 年現存中國電影文本讀解》上下冊，臺灣花木蘭文化出版社 2014 年版；《新世紀中國電影讀片報告》，中國傳媒大學出版社 2014 年版；《黑夜到來之前的中國電影——1937 年現存國產影片文本讀解》，中國廣播電視出版社 2012 年版；《黑白膠片的文化時態——1922～1936 年中國早期電影現存文本讀解》，上海三聯書店 2009 年版）。此次成書，無論是言說風格、行文範式，還是思考角度、見解觀念，均是以上著述於理論體系層面的承接延伸，敬請讀者鑒定。

辛、本書的一切文字表述，但有借鑒、參考或引用他人著述及數據、論點的情形，都已經嚴格依照學術研究之慣例通則，逐一鄭重注明了詳細出處，

〔註 1〕 對這一問題的具體說明，敬請參見《跋：端坐板凳讀華章》，收入拙著《黑馬甲：民國時代的左翼電影——1932～1937 年現存中國電影文本讀解》（臺灣花木蘭文化出版社 2015 年版）。

不敢掠美；所有圖片的使用，亦嚴格遵循此例。此外，除非引用，本書所有的見解和觀點的表達，都一如既往地堅持使用第一人稱單數，以表明本人獨立完成研究的學術原創性立場，以及對論述中出現的所有個人見解和學術觀點負全責之嚴肅態度。

袁慶豐 甲午年十一月 謹啓

北京東郊定福莊養心廊

引言：文化嵌入與實體轉化——1949 年後外國電影在中國大陸的傳播

閱讀指要：

　　從 1949 年到 1959 年十年間，中國大陸生產故事片與同時期譯製的外國影片數量之比是 102%；從 1960 年到 1965 年「文化大革命」爆發前，這個比例是 66%；1966 年到 1976 年的「文革」期間，外國譯製片的數量再次「趕超」，達到 110%。這些譯製的外國影片中，蘇聯、東歐和亞洲的社會主義國家的影片占了絕大多數。從 1977 到 1989 年的十三年間，譯製的外國電影與國產片之比是 20%，其中，美國、日本、法國、印度和義大利等資本主義國家的電影數量和比例激增、後來居上。從 1990 年到 2014 年，大陸譯製片幾乎是西方國家一統江山的格局。無論從傳播歷史還是從世俗影響的角度稍加考量都會發現，西方文化及其核心價值已然完成了從文化嵌入到實體轉化的過程，真正成為共和國文化的必要組成部分。

關鍵詞：外國電影譯製片；社會主義國家電影；資本主義國家電影，文化傳播；共和
　　　　國文化；

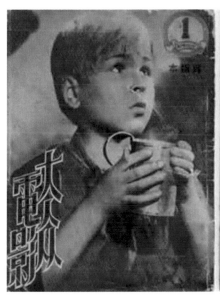

大陸 1990 年代之前影響最大的電影畫報《大眾電影》，1950 年 6 月 16 日在上海創刊，創刊號封面為蘇聯影片《團的兒子》的劇照，封底為蘇聯影片《詩人萊尼斯》中的一個鏡頭。

從 1949 年到 1989 年，四十年間，大陸一共生產了 2089 部故事片，而這一時期譯製的外國電影有 968 部，兩相比較，後者是前者的 46%。看看這些譯製片的國別與排名：蘇聯：369 部，北朝鮮：92 部，美國：83 部，日本：82 部，羅馬尼亞：51 部，捷克斯洛伐克：39 部，東德：30 部，波蘭：29 部，法國：28 部，南斯拉夫：28 部，西德：5 部。〔註 1〕

如果從 1949 年統計到 2014 年，就會發現，大陸生產的故事片總計 8911 部，譯製片的數字是 1446 部，兩相比較，後者是前者的 16%。這些譯製片的國別與排名如次：美國：420 部，蘇俄：373 部，日本：114 部，北朝鮮：94 部，法國：55 部，羅馬尼亞：53 部，捷克斯洛伐克：42 部，東德：30 部，西德：5 部（統一後的德國只有 1 部），印度：35 部，意大利：32 部，英國：32 部，波蘭：32 部。

〔註 1〕 本文中提及的大陸電影出產數量，1994 年之前依據的是《中國影片大典》（中國電影藝術研究中心、中國電影資料館編，中國電影出版社 2001 年版），1994 年之後的數據由 2012 級碩士研究生王槑鎖收集統計；所有外國電影的數據，主要依據個人對上海電影譯製片廠、東北電影製片廠／長春電影製片廠、北京電影製片廠、八一電影製片廠以及中央電視臺的相關資料，並由 2012 級博士研究生李槑雄負責分類統計。由於收集管道和版本不一，本文中的各類統計難免疏漏之處，尚祈方家指正為盼。

1950年《大眾電影》第二期封面（左）、第三期封面（右）。

這兩個時期的比例差距很明顯，但結果不一定有趣，那就是，新中國前四十年的譯製片，以蘇聯、北朝鮮和東歐為代表的社會主義國家的電影，成為大陸億萬民眾文化精神生活的主要「配菜」，（「正餐」是「戰無不勝的馬列主義毛澤東思想」）。而隨著時間的推移，以美國、日本為代表的資本主義國家的電影後來居上，原社會主義國家的電影譯製數量幾乎沒有增長，相反，卻呈現出歷史性的停滯傾向。

如果將審視的鏡頭推近，那就會發現：

從1949年到1959年建國十年間，大陸共生產故事片401部。而同時期外國電影的譯製公映數量，卻達到412部之多，與前者之比是102%。換言之，大陸民眾可以選擇觀看的外國電影數量，竟然超過本土影片。當然，這些外國電影主要是蘇聯「老大哥」的電影，因為居然有269部，占當時譯製片總數的65%；而剩下的35%份額，又基本上被東歐和亞洲的兩個社會主義國家「小兄弟」占去絕大部分。

如予不信，請看這一時期的譯製片排名秩序：蘇聯：269部，捷克斯洛伐克：25部，東德：21部；波蘭：20部；日本：16部，匈牙利：14部；北朝鮮：13部；南斯拉夫：8部；羅馬尼亞：6部；意大利：5部；西德：1部。這樣的結果顯而易見：這十年大陸官方的意識形態導向可想而知，當年的社會文化生態可想而知，普通民眾尤其是青少年觀眾所接受的頭腦風暴和心理滋養，同樣可想而知。

1950 年《大眾電影》第四期封面（左）、第十期封面（右）。

1950 年《大眾電影》第十一期封底、十二期封面（左）、1951 年第十七期封底（右）。

　　從 1960 年到 1965 年「文化大革命」爆發前的五、六年間，大陸生產了 240 部故事片，而同時期譯製公映的外國影片有 159 部，兩者之比為 66%。雖然在 1950 年代末期到 1960 年代初期，中、蘇兩黨在意識形態問題上開始隔空爭吵、冷戰逐漸升級，但蘇聯電影還是以 73 部的數量佔據了譯製片幾乎一半的份額，剩下的份額，亞洲的北朝鮮和北越的電影又幾乎佔了一半兒。具體排名是：蘇聯：73 部；朝鮮：31 部；捷克斯洛伐克：12 部；越南：9 部；

羅馬尼亞：9部；匈牙利：7部；東德：4部；法國：3部；日本：2部；英國：2部；印度：2部；波蘭：2部；墨西哥：2部。

這一時期譯製片的數量多寡與排名起伏，既預示著「社會主義大家庭」的「和」與「不和」，又證明著大陸社會生態的進一步凝固和停滯——對大陸動輒數以億計的電影觀眾來說，看電影本來就是「受教育」的一部分，只不過，重心有所調整而已。

1966年到1976年，中國大陸處於一個被當時和後世稱為「文化大革命」的特殊的歷史時期。這十年間，大陸只生產了106部故事片，而外國譯製片的數量竟然再次「趕超」，達到110%。譯製的117部外國電影中，北朝鮮和阿爾巴尼亞這兩個社會主義國家的「小兄弟」的影片，分別以總數26部和16部獲得排名第一和第三的位置，而從1950年就與大陸「新中國」為敵的「美帝國主義」國家的電影數量，竟然以20部之多的數量高居第二。

「文革」時期譯製片，從多到少，排名如次：北朝鮮：26部，美國：20部，阿爾巴尼亞：16部，越南：9部，羅馬尼亞：9部，日本：9部，蘇聯：6部，意大利：5部，法國：4部，南斯拉夫：4部。

1952年《大眾電影》第五期封底（左）、第六期封面（右）。

需要注意的是，1950 年到 1970 年的二十年間，中國大陸只在 1960 年譯製公映了 1 部美國電影，從 1971 年到 1976 年，也只譯製公映了 3 部；換言之，在 1977 年之前的 28 年間，大陸民眾只能看到區區 4 部美國電影──還需要注意的是，「文革」期間譯製的美國片，幾乎全部是只供黨政高級領導和特殊部門「批判」地「審看」的「內參片」。〔註2〕

「文化大革命」期間譯製片排名變化，及其與大陸電影比例的變化，至少有兩點值得注意：

第一，儘管「文革」期間，中、蘇兩黨兩國的關係由各自媒體（電臺和報紙）上的口水戰，已經先後升級「換代」爲經濟領域的關係斷裂（1960 年，蘇方單方面取消所有援助合同、召回全部駐華專家），乃至兵戎相見（1969 年，中蘇在邊界爆發小規模的武裝對抗，史稱「珍寶島之戰」），但蘇共所鼓吹的共產主義與社會主義核心理念，與中共所堅持的並無原則上的不同，此所謂「和」。至於雙方的「不和」，更多的是體現爲對「眞理」的認知和解釋的不

〔註 2〕有關美國「內參片」的信息，由於眾所週知的原因不易收集，數字上也有差異（其中幾部在「文革」結束後向普通民眾公映，如《音樂之聲》、《魂斷藍橋》、《未來世界》等），其不完整篇目如下：

1、《等到天黑》（又名《盲女驚魂記》），1967 年出品，具體譯製時間不詳；
2、《紅衣主教》，1963 年出品，具體譯製時間不詳；
3、《舞宮鶯燕》，1947 年出品，1970 年譯製；
4、《虎！虎！虎》，1970 年出品（與日本合拍），1972 年譯製；
5、《切·格瓦拉》，1969 年出品，1972 年譯製；
6、《巫山雲》，1948 年出品，1975 年譯製；
7、《春閨淚痕》，1946 年出品，1975 年譯製；
8、《鴿子號》，1974 年出品，1975 年譯製；
9、《瓊宮恨史》，1933 年出品，1975 年譯製；
10、《美人計》，1946 年出品，1975 年譯製；
11、《鴛夢重溫》，1942 年出品，1975 年譯製；
12、《空谷芳草》，1945 年出品，1975 年譯製；
13、《美鳳奪鸞》，1941 年出品，1976 年譯製；
14、《音樂之聲》，1965 年出品，1976 年譯製；
15、《魂斷藍橋》，1940 年出品，1976 年譯製；
16、《朱莉亞》，1977 年出品，1977 年譯製；
17、《刑警隊》，1931 年出品，1977 年譯製；
18、《未來世界》，1976 年出品，1977 年譯製；
19、《猜猜誰來吃晚餐》，1967 年出品，1978 年譯製；
20、《車隊》，1978 年出品，1979 年譯製。

（信息收集與整理：姜菲）

同，更體現爲在任領導人之間的互不認同，或者說，是話語權、解釋權歸誰，誰又能在「社會主義大家庭」說了算的問題上——北朝鮮電影取代「蘇聯老大哥」霸佔了十七年第一的位置、歐洲唯一的「一盞社會主義明燈」阿爾巴尼亞電影排名上陞至第三，就形象地證明了這一點。

第二，「美帝國主義」電影居然被譯製了 20 部之多，雖然絕大多數是只供少數「高幹」觀賞的「內參片」，與絕大多數普通民眾毫無關聯，但卻釋放了一種微妙的意識形態考量氣息。那就是，資本主義國家的電影，僅就「批判」的角度看，也是不無「參考」價值的，否則，就很難解釋，爲什麼同樣是在「文革」後期，來自「日本帝國主義」的譯製片竟有 9 部之多。要知道，這個數量（雖然幾乎全部屬於「內參片」），卻與社會主義國家的亞洲「小兄弟」北越、歐洲社會主義國家的「小兄弟」羅馬尼亞兩國的數量等同。

對以上結論任何質疑，都可以再次參考一下大陸從 1949 年到 1976 年譯製的外國電影國別與數量排序：蘇聯：348 部，北朝鮮：71 部，捷克斯洛伐克：37 部，日本：27 部，東德：25 部，波蘭：24 部，羅馬尼亞：24 部，匈牙利：21 部，美國：21 部，阿爾巴尼亞：20 部，西德：1 部。

1952 年《大眾電影》第十一期封面（左）、1953 年第五期封面《悼念斯大林專刊》（右）。

1953年《大眾電影》第二十期封面（左）、1954年第十三期封面（右）。

1977年是「文革」正式結束的第一年，直到1989年，這十三年間，大陸共出產故事片 1342 部，而同時期譯製的外國電影數目，則占了這個數量的20%，即有265部。這一時期的譯製片排名如次：美國：62 部；日本：55 部；羅馬尼亞：27 部；蘇聯：21 部；北朝鮮：21 部；法國：18 部；南斯拉夫：16 部；印度：11 部；意大利：10 部；東德：5 部，西德：4 部。

表面上的數字增減與比例起伏的反差，與事實形成的是內在邏輯關聯：

第一，這一時期譯製的外國電影，在文化層面上的影響更為巨大，因為電影來源國家多元化，來自「資本主義國家」的電影數量急劇上陞，普通民眾多少真正看到了國外、尤其是西方發達國家（或曰敵對勢力一方）的社會面貌，對其物質生活水平和社會人文生態的觀感性認知有了極大的感觸，或者說，受到極大的震撼。

第二，大陸電影本身開始發生劇烈的內部調整和文化反思，一方面，這種調整來自電影本體內部，所謂第四代和第五代電影導演相繼發揮巨大影響，視聽語言革命開始──儘管，這情形遲到了至少四十年，儘管，所謂向譯製片即外國電影的學習甚至模倣，還大多停留在表層，但譯製片對大陸社會文化生態的巨變，其促進作用功莫大焉。因為，電影一向是普通億萬觀眾最直接、最形象的文化模板和被官方認可的窺視外部世界的合法管道之一。

　　結論是，到 1989 年前後，從 1949 年以來形成的一元化意識形態高壓思維從整體上開始被逐漸動搖，直接為 1990 年代的新文化生態社會奠定了群體性主體基礎和客體化接受條件。如果說，在此之前的蘇聯、東歐和亞洲社會主義國家意識形態已經完全嵌入中國大陸當代文化並形成長期凝固的共和國文化的話，那麼，在此期間外國電影所攜帶的意識形態本體，則基本上完成了外來文化的二次嵌入，同時，開始逐漸排斥、清除先前的、已然開始鬆動、塌陷的嵌入實體。

1954 年《大眾電影》第十九期封面（左）、1955 年第九期封面（右）。

1956 年《大眾電影》第七期封面（左）、1957 年第十八期封面（右）。

1957 年《大眾電影》第二十期封面（左）、1958 年第六期封面（右）。〔註 6〕

　　從 1990 年到 2000 年，這一時期的譯製片從多到少，大致排名如次：美國：118 部；日本：22 部；印度：15 部；意大利：7 部；法國：5 部；墨西哥：5 部；俄羅斯：3 部；北朝鮮：2 部；奧地利：1 部；英國：1 部；波蘭：1 部；德國：1 部。

　　從 2001 年到 2014 年的譯製片排名及數量如次：美國：219 部；法國：22部；日本：10 部；英國：9 部；意大利：2 部；印度：2 部；俄羅斯：1 部；波蘭：1 部。

　　將以上兩個時間段合併，即將 1990 年到 2014 年的譯製片重新排名，也許會看得更為清晰：美國：337 部；日本：32 部；法國：27 部；印度：17 部；英國：10 部；意大利：9 部；墨西哥：5 部；俄羅斯：4 部；北朝鮮：2 部；德國：1 部；奧地利：1 部。附表如下（需要說明的是，由於 1990 年德國已經統一，所以此後的譯製片數量就沒有了東、西德之分）：

〔註 6〕以上有關《大眾電影》雜誌的插圖均源自網絡，網址：http://www.crsay.com/
　　　　other/reminiscence-popular-film-all-cover-1.html；以下的插圖也源自網絡。特此
　　　　申明並向上傳者致敬不另。

國　別	1949 ? 2014	1949 ? 1959	1949 ? 1976	1949 ? 1989	1960 ? 1965	1966 ? 1976	1977 ? 1989	1990 ? 2000	1990 ? 2014	2011 ? 2014
蘇、俄	373	269	348	369	73	6	21	3	4	1
美國	420	1	21	83	0	20	62	118	337	219
日本	114	16	27	82	2	9	55	22	32	10
朝鮮	94	13	71	92	31	26	21	2	2	0
匈牙利	24	14	21	21	7	0	0	0	0	0
意大利	32	5	11	21	1	5	10	7	9	2
奧地利	1	0	0	0	0	0	0	1	1	0
英國	32	3	18	18	2	3	0	1	10	9
越南	18	0	18	18	9	9	0	0	0	0
印度	35	5	7	18	2	0	11	15	17	2
阿爾巴尼亞	20	0	20	20	0	16	0	0	0	0
波蘭	32	20	24	29	2	2	5	1	2	1
東德	30	21	25	30	4	0	5	1	1	0
西德	5	1	1	5	0	0	4			
法國	55	3	10	28	3	4	18	5	27	22
捷克斯洛伐克	42	25	37	39	12	0	2	0	0	0
羅馬尼亞	53	6	24	51	9	9	27	0	0	0
墨西哥	17	2	7	11	2	3	4	5	5	0
南斯拉夫	28	8	12	28	0	4	16	0	0	0
聯合攝製	20	0	1	5	0	1	4	1	15	14
譯製片總數	1446	412	703	968	159	117	265	182	462	280
中國大陸	8911	401	747	2089	240	106	1342	1252	6822	5570

（數據綜合與圖表製作：李梟雄）

　　需要注意的是，以上所有外國譯製片的排名中，缺少一個國家，那就是 1949 年後大陸官方和民間稱之為「南朝鮮」的韓國。其實這個原因很簡單，因為直到 1992 年，大陸才正式承認韓國並與之建立外交關係。1993 年到 1995 年，長春電影製片廠先後譯製引進了四部韓國電影：《無悔的愛》、《地獄婚

紗》（1993 年譯製）、《兩個警察》（1994 年譯製）、《靚女戀情》（1995 年譯製）〔註3〕；2003 年和 2004 年，上海電影譯製片廠先後引進了《我的野蠻女教師》和《假如愛有天意》〔註4〕。據不完全統計，從 2004 年到 2014 年，大陸共譯製引進韓國電影 20 多部〔註5〕。

　　然而，1990 年代以後加不加入韓國電影譯製片的數量，事實上已沒有太多統計價值，甚至沒有必要。實際上我認為，自 1990 年代以後，無論是大陸生產的電影與外國電影的譯製和引進對比比例，還是外國譯製片數量的多少與排名順序，實際上都已經沒有多大意義，原因也很簡單：

左圖：羅馬尼亞影片《爆炸》（北京電影製片廠 1974 年譯製）電影海報；
右圖：英國影片《尼羅河上的慘案》（上海電影譯製廠 1978 年譯製）電影海報。

　　首先，1990 年代中期開始的所謂「美國大片」即好萊塢大製作電影的「分賬式」引進，已經完全掌控大陸電影市場的命脈——只不過是 1949 年前的時代翻版而已，外國電影尤其是西方電影對中國大陸社會的文化影響基本上毫無懸念。其次，大陸電影自身逐漸喪失了此前官方勉強認可的內在和外在的

〔註3〕信息來源：http://www.360doc.com/content/13/0825/15/276037_309787534.shtml
〔註4〕信息來源：http://www.picturechina.com.cn/bbs/thread-6685-1-1.html
〔註5〕參見：《韓國電影：為何展映多公映少？》，網址：http://epaper.ynet.com/html/
　　　2014-08/28/content_82145.htm?div=-1

文化動力——第六代導演作品基本上成爲「地下電影」的代名詞，就是其中一個證據。再次，1990 年代，VCD 播放機和迅速崛起的 DVD 播放機，全面取代了 1980 年代的電影膠片放映機和錄像機，「看碟」成了看電影、尤其是看外國電影的新指稱。

2010 年前後，隨著大陸互聯網應用的普及即日用化和世俗化，電腦（PC）幾乎完全取代了 VCD 和 DVD 的視頻播映功效；而最近三四年來，用手機讀取視頻一看電影，更是後來居上。到電影院看電影已經成爲大小城鎮文化生活的綜合性消費，看視頻才是正道：億萬觀眾已經習慣於在網上和手機客戶端獲取和觀看影片。尤其是近幾年來，除了少數所謂大製作的美國大片外，在影院公映的譯製片的觀眾數量與在網上看外國電影的觀眾數量根本不在一個層級上。

左圖：日本影星中野良子（《追捕》女主演）刊登於《大眾電影》封底的照片，右圖：日本影片《內幕交易》（1989 年出品，上海電影譯製廠 1991 年譯製）的中文電影海報。

換言之，以往外國電影譯製片的影響力已然是明日黃花。愈來愈多的觀眾，（包括中年以上年紀的觀眾），更不用說 80 後、90 後的青年一代，更願意在網上觀看和欣賞帶中文字幕的原聲影片視頻。所謂譯製片，似乎也只有那個封閉的年代才有存在的可能、價值和意義。因此，這一時期譯製片從多

到少的排名，在沒有經歷過那個年代的人們看來，可能只剩下堅硬的統計學容顏。

但無論什麼時候，只要有機會接觸那些二、三十年前，甚或六十多年前的老舊譯製片，無論還有怎樣的思緒與感念，你都得承認，那聲音銳利、畫面斑駁的「社會主義國家」的影片，那形象鮮明、格調豐滿的「資本主義國家」的電影，大多都像當年心心相印、形影不離的小夥伴們一樣，逐漸老去、漸行漸遠，最終都將成為歷史的碎片、沉落在時間的長河中，漸次消散，永難再見。然而，一旦你有意識地打撈出一塊半片，你就會感覺到那些電影附帶的體溫，如果你願意靜靜地重溫，你就會發現，這些電影黏附著以往的青春、熱血和夢想；在你淚水流淌之際，你還會聽到以往心中的狂熱吶喊。

對於沒有經歷過那個年代和那些外國電影洗禮的人們來說，「譯製片」的概念，也許已經是以往共和國電影文化的一樁歷史性地標，已經永遠淪陷；但對於經歷過那個年代和那些外國電影洗禮的人們來說，沒有誰敢否認，現今大陸「新常態」社會面貌的巨大改變，飽含著這些老舊譯製片的貢獻，無論內涵還是外延、「正面」還是「反面」、苦辣還是鹹甜……〔註7〕

左圖：北朝鮮影片《賣花姑娘》中文海報；右圖：羅馬尼亞影片《勇敢的米哈伊》和《奇普里安波隆貝斯庫》（上、下）的中文海報。

初稿時間：2015年2月1日～3月1日
校訂配圖：2015年3月11日～15日

〔註7〕 在本書付印前，我曾以現在這個題目，先後向內地的兩家學術雜誌投稿，均未獲採用，退稿理由皆為「政治上不正確」。特此說明。

《列寧在十月》(1937)：「借借你們家的氣爐子！」——蘇聯電影在中國大陸的政治性傳播與世俗化共振

閱讀指要：

　　凡是經歷過 1970 年代的人，誰沒看過《列寧在十月》？凡是看過的人，誰不是看過十遍八遍乃至 N 遍？即使忘記了或混淆了故事情節，也不會忘記那些經典臺詞。當時，沒有幾個人知道這是一部編造出來的神話，相反，幾乎所有的人都沉浸在被革命藥水調製的視聽狂歡中不可自拔（直到現在）。為什麼？因為這部七十多年前蘇聯電影的歷史觀、價值觀、革命觀和審美觀，與四十多年前中國大陸社會的整體風貌、行為意識和精神氣質極為契合；更重要的是，列寧—斯大林所代表的意識形態體系，印證著當時中國大陸政治倫理譜系在血緣、法理和道統上的正當性、合法性和普世性。今天重溫這部影片，雖說斯人已逝，但言猶在耳，同樣令人驚心動魄、魂不守舍、如癡如醉、不知今夕何夕。

關鍵詞：《列寧在十月》；意識形態血緣倫理；政治生態環境；世俗化對應；個人崇拜；

專業鏈接 1:《列寧在十月》(故事片,黑白),蘇聯,1937 年 1 月出品,中央
電影局東北電影製片廠 1950 年譯製。VCD(雙碟)時長:102
分 22 秒。

>>> **編劇**:卡普列爾(卡普勒);**導演**:米哈伊爾·伊里奇·羅姆。

>>> **主要人物**:

列寧(鮑里斯·史楚金飾演,配音:白景晟)、

瓦西里(尼古拉·巴甫洛維奇·奧赫洛普科夫飾演,
配音:徐世彥)、斯大林(Semyon Goldshtab 飾演,配
音:不詳);衛隊長馬特維耶夫(維·瓦寧飾演,配音:
不詳);捷爾任斯基(弗拉基米爾·波克羅夫斯基飾演,
配音:不詳)。

專業鏈接 2:原片中文片頭、演職員表及片尾字幕(標點符號為錄入者添加)

片頭字幕:

中央電影局東北電影製片廠譯製。《列寧在十月》。

片尾字幕:

完。翻譯片第 20 號。1950。〔註 1〕

經典臺詞:

「你別爭,爭也沒用!」

「你是我黨有自覺性的黨員!」

「我說你呀,幹嘛老纏著我呀?你快滾開這兒吧!」

「中尉,繳他的槍!」

「這兒的人火氣都大,工作也很緊張,可能碰得著你們,很危險!」

「耳朵?也就是普通的耳朵」。

〔註 1〕 本文依據的影片 VCD 版,除了片頭影片名稱以及影片中的解釋性文字字幕
外,原片的「演職員表」和譯製片的「譯製職員表」均缺失。現在看來,影
片不僅在當時蘇聯放映時有刪節(或修改),譯製時可能也有,公映時(尤其
是「文革」時期)應該被刪節得更多。**專業鏈接 1** 中的信息,主要依據網絡
及其他參考資料合成,譬如魯丁:《影片〈列寧在十月〉和〈列寧在 1918 年〉
中的斯大林——從導演羅姆的夢談起》(《外國問題研究》1988 年第 4 期,第
22～25 頁),以及 zy0532 的帖子《十月革命紅色經典影片的謊言》(凱迪社區
→貓論天下→貓眼看人→〔轉貼〕,網址:http://club2.cat898.com/newbbs/dispbbs.
asp?BoardID=1&ID=1989906)。特此說明。

「弗拉基米爾·伊里奇，那種下流刊物流氓報紙，我以為您不能要呢」
——「你要不要我不知道，可我要！」

「借借你們家的氣爐子！」——「我們家沒有氣爐子！」

「弗拉基米爾·伊里奇，對於你的生命我要向黨負責！」

「地址！地址！地址！」

「被壓迫者的理想要實現了！」

「電話局！電話局！」——「接線的小姐們都昏過去啦！昏-過-去-啦！」

「基里廷中尉，現在是臨時政府的部長跟你說話的時候，請你不要抗議！」

「你守著太陽神！」——「這是愛神！」——「算了吧！」

「安靜點兒先生們！安靜點兒！這有什麼可驚的、可怕的、可大驚小怪的？！要實現我們無產階級革命——證明書拿出來！」

……。

以往影片人氣指數：★★★★★

現今觀賞推薦指數：★★★★☆

甲、《列寧在十月》的史前史和身後事

《列寧在十月》拍攝於 1937 年，它是爲了慶祝蘇聯「十月革命」二十週年，由斯大林指令完成的〔註2〕。影片最早進入中國的時間是 1938 年，放映的原版影片，地點是中共活動的中心地區延安〔註3〕。1942 年 10 月，中共又在重慶出版的《新華日報》上連載了戈寶全翻譯的電影劇本（節譯）〔註4〕。

〔註2〕 參見時光網：http://www.mtime.com/movie/28819/plots.html。

〔註3〕 《中國電影發展史》，程季華主編，第二卷，中國電影出版社 1963 年版，第 360 頁。此外，有人說，周恩來在 1937 年從蘇聯養傷回國後，就給延安帶回了《夏伯陽》、《列寧在 1918 年》和《列寧在十月》等 3 部影片，並且每天晚上還親自放映（參見：http://gb1.chinabroadcast.cn/9964/2006/07/28/1325@1151558_1.htm）。這個說法顯然是記憶有誤，因爲《夏伯陽》是 1934 年出品的，帶回來極有可能；《列寧在十月》是當年 1 月才出品的，帶回來的可能性固然不大，但不是沒有；帶回《列寧在 1918 年》就說不過去了，因爲這個片子是 1939 年才拍攝的。還有人說，《列寧在十月》是周恩來在 1940 年春天從蘇聯養傷後來回來的 8 部蘇聯電影之一，他不僅親自放映，還爲毛澤東翻譯並討論這些電影（參見：文史精華（記者：吳躍農）：http://news.163.com/07/0302/16/38JGDCSJ00011MSF_3.html）。

〔註4〕 《中國電影發展史》，程季華主編，第二卷，中國電影出版社 1963 年版，第 125 頁。

1947 年冬～1948 年初，由駐北平的蘇聯總領事館提供《列寧在十月》的拷貝，在中法大學禮堂連放了三場，放的是原片，有人現場翻譯〔註 5〕。

　　1949 年後大陸民眾看到的《列寧在十月》，是由中央電影局東北電影製片廠（也就是後來的長春電影製片廠）於 1950 年配音譯製的版本，排序是「翻譯片第 20 號」。這個版本一直沿用至今，觀眾絕對超過百億人次，且幾十年來對大陸社會產生的影響，無論怎樣描述都不爲過。尤其是 1970 年代「文革」時期，當時的大陸民眾對《列寧在十月》中的每一句臺詞可以說都耳熟能詳、倒背如流。奇怪的是，現今無論是 VCD 版還是 DVD 版，都看不到「演職員表」，網上也搜不到這一項完整的中文信息。現今的人們尤其是年青一代，除了極少數有心人，恐怕沒有誰會再去欣賞這部爺爺輩兒的老電影，甚至知道的也不見得有幾個了。

60 多年了，譯製影片的「東影」早已改名爲「長影」，而且影片的音質和畫面也多有毀損。

　　畢竟，時過境遷幾十年，即使是當年的觀眾，尤其是現在已步入中老年的專業人士，再想起或翻檢這部影片，心裏也會是百味雜陳。譬如，2004 年前後，大陸一位專業製片人率領製作團隊，想專門爲那些大陸民眾難忘的蘇聯老電影作專題採訪，感興趣的影片包括《夏伯陽》（1934）、《列寧在十月》（1937）、《列寧在 1918 年》（1939）、《丹娘》（1945）、《鄉村女教師》（1947）、《保爾‧柯察金》、《卓婭和舒拉的故事》、《雁南飛》（1957）、《一個人的遭

〔註 5〕楊芹：《在敵人眼皮下放映〈列寧在十月〉》，載《北京黨史》2000 年第 1 期，第 43～44 頁。這個說法還有另外一條資料佐證：「1947 年舉行過中蘇文化協會主辦的蘇聯電影周，放映過《列寧在十月》《童年》《人間》《我的大學》《蘇軍血戰記》等影片」，參見《上海名街志》之《獨領時尚的多功能商業街》，（資料來源：http://www.shtong.gov.cn/node2/node71994/node71995/node71997/node72017/node72036/userobject1ai77431.html，登錄時間〔2013-06-10〕）。

遇》（1959），直到《這裏的黎明靜悄悄》（1972）、《莫斯科不相信眼淚》（1980），
但「俄羅斯大使館給劃了道線：《這裏的黎明靜悄悄》之前的，別做了」，因
爲「前面的有很多問題，意識形態方面的。比如《列寧在十月》和《列寧在
1918》，他們說歷史的眞實不是電影裏所講的那樣，不能再影響下一代」，雖
然製片人一再解釋：「中國現在很開放，我們知道不是這樣的，知道對托洛
茨基、布哈林，該怎樣評價，包括對肅反、個人崇拜、鐵幕。我們可以重新
理解」，但對方「還是擔心」，而且「並不覺得」大陸方面「現在具備了這個
『撥亂反正』的能力」〔註 6〕。

影片中所表現的「十月革命」前後的蘇聯社會，正與「文革」時大陸社會的生
態環境多有類似甚至重合之處。

　　然而，時代性因素所形成的觀影背景和接受心理與傳播上的特殊性，使
得東北電影製片廠的這個版本，在以往深入人心，以後也無法替代，因爲那
股只有那個時代才具備的精神氣質和東北普通話味道，在讓《列寧在十月》
成爲共和國文化的一個重要組成部分和時代性標識的同時，又深深地沉澱並
儲存在那個時代所有觀眾的記憶深處，雖說「數據」多少有些「磨損」或丟
失，但卻從根本上難以徹底「格式化」地消失。因此，影片在中國大陸傳播
過程中，體現在政治領域和世俗影響層面的特殊性，有值得進一步回顧的價
值和反思的必要。

　　我並不特別關心影片在蘇聯本國所產生的巨大社會影響和政治影響。因
爲根據常識來推斷，蘇共從 1917 年武裝奪取政權，一直到 1989 年作爲政黨
解體、進而導致蘇聯不復存在，在這麼長的時間裏，歌頌領袖及其革命鬥爭

─────────────

〔註 6〕李宏宇：《崔永元保衛瓦爾特》，《南方周末》，2007 年 6 月 14 日（第 1218 期），
　　　　D27 版。

歷史的電影，一定會在蘇聯大行其道並獲得殊榮無數。我更關心的是《列寧在十月》對中國大陸社會產生的巨大影響，以及當局數十年來反覆公映這部影片的意識形態意圖和政治生態考量原因。

火車上的這場戲大陸觀眾很熟悉，但列寧一回國就急著去見斯大林，卻不是每個人都能明白的。

大陸 1954 年發行的紀念郵票，當時斯大林已經去世一年，但票面強調的信息依然是二合一。

乙、見證中蘇兩黨意識形態血緣倫理的《列寧在十月》

1949 年新中國成立前後，由於奉行「一邊倒」的內政外交政策，中共與蘇共有長達十餘年的「政治蜜月」時期。1950 年代末期，兩黨雖然已經在意識形態體系內部，就話語權和領導權尤其是在評價斯大林的問題上發生重大理論分歧，但並沒有從實質上影響蘇聯電影在大陸的傳播。譬如 1960 年 7 月份，就在蘇聯召回專家、大規模停止對大陸援助的當口，中方文化部、「對外文協」、「中蘇友協」，還在 11 月份的上海，聯合舉辦了「蘇聯電影周」公映活動〔註 7〕。兩黨、兩國的爭吵、冷戰、相互指責乃至謾罵，一直持續，直到 1960 年代末期演變為武力相向，那就是 1969 年中蘇邊界爆發的「珍寶島之戰」——雙方都宣稱自己是這場小規模戰鬥的勝利者。

子、外國電影要以「陣營」劃線

換言之，從 1949 到 1969 這二十年間，中蘇關係有一個演變過程。大致上說，1950 年代的「蜜月」期間，雙方在政治、經濟、軍事，乃至文藝諸領域全面開放合作，相互借鑒、取長補短；1960 年代開始向敵對關係轉化，兩

〔註 7〕參見：百年上海電影大事記——東方宣傳教育資料網：http://www.dfxj.gov.cn/dfxjw/dfxj/node2831/node2863/node2881/userobject1ai46132.html

黨、兩國、兩軍處於武裝對立、相互仇視階段。譬如雙方都認為對方背叛了
馬列主義、破壞了社會主義大家庭的和諧共處。雙方的區別在於，一方認為
斯大林主義是馬列主義尤其是列寧主義的正統傳承者，誰否定斯大林，誰就
是狗屎不如的「現代修正主義」；而蘇共在認為中共背離了馬列主義的前提
下，恨不能說毛澤東思想就是斯大林主義的東方版。

當時的觀眾並不知道瓦西里是一個虛構人物，更不會想到他護送
列寧回國的事迹也是虛構——當時的觀眾，真的很傻很天真。

　　這種意識形態層面的爭吵和對立，直接反映在民眾所能看到的外國電影
上。1950 年朝鮮戰爭爆發後，大陸基本上將以美國為代表的西方資本主義國
家的電影排斥在國門之外，只允許以蘇聯為代表的社會主義國家的電影（有
選擇地）進入。1960 年代中蘇關係破裂後，東歐社會主義國家的電影，基本
上只剩下阿爾巴尼亞和羅馬尼亞的可以放映，（「文革」後期，又加了一個南
斯拉夫）。這三個國家都被蘇共認為是和中共一樣離經叛道的「壞孩子」，中
共則認為它們才是歐洲「社會主義陣營」裏的「好兄弟」。與此同時，亞洲的
北朝鮮和北越，因為始終與大陸保持著「同志加兄弟」的關係，所以這兩個
小國出品的、具備社會主義品質的電影也被允許進入。因此，對大陸民眾來
說，「文革」時期是一個有指向性的文化閉關鎖國時代，只有少數幾個「同志
加兄弟」國家的電影可以觀看。但誰也沒想到的是，這一看就是十年。

從遊行標語的內容上看，這是 1950 年代初期的事情。由此可見，
馬恩列斯毛的政治倫理排序是早已有之。圖片來源：http://blog.
sina.com.cn/s/blog_af5c8fd6010160ah.html。

　　實際上，從 1950 年完成譯製到 1980 年代初期，蘇聯電影《列寧在十月》
在中國大陸公映的時間不少於三十年。尤其是在 1970 年代的「文革」後期，
億萬大陸民眾成年累月地反覆觀看這部影片，看過十遍八遍乃至 N 遍的人不
在少數。對民眾來說，《列寧在十月》固然好看，但更重要的是，那年月看電
影是沒有可什麼選擇的。因為包括電影生產和發行放映在內的一切藝術活
動，無不是行政命令和意識形態「統購統銷」的結果。因此，觀眾看得多的
根本原因，是影片發行和放映得多的必然結果。顯然，《列寧在十月》及其續
集《列寧在 1918 年》的反覆放映，是大陸高層意識形態考量後的政治結晶。

列寧還沒下火車就要求瓦西里安排他見斯大林。這與歷史真實無關，但與影片
「政治正確」的主題思想有關。

　　《列寧在十月》中蘇聯險惡的國內政治環境，與1960年代後，尤其是「文革」時期的大陸政治生態極為相似乃至相同，甚至形成一種「互文」。譬如貫穿影片主線的、險惡的、激烈的路線鬥爭和政治鬥爭——以列寧和斯大林為代表的布爾什維克的「正確」路線、方針、政策，與「投降」的、「賣國」的、「卑鄙」的孟什維克和社會革命黨人之間的生死較量和路線鬥爭，恰恰與當時以黨主席毛澤東為代表的「革命」路線和以國家主席劉少奇為首的「資產階級」和「反革命」路線與集團相對應。換言之，《列寧在十月》講的是蘇聯故事，折射的卻是中國化的政治鬥爭和路線鬥爭的現實。

列寧來到自己同志的家裏隱蔽起來，這是當年大陸「紅色經典」
電影中「堡壘戶」的發源地。

丑、革命邏輯和血緣關聯

　　「十月革命」爆發前複雜的時代背景和激烈動盪的國際背景，也與當時中國大陸的時代環境和國際環境極為相似甚至相同。《列寧在十月》演繹的是俄國國內「反動勢力」譬如「白軍」、孟什維克和社會革命黨人，在國外反對「紅色權力」的支持幫助下，對布爾什維克新政權的「政治絞殺」。而銀幕下的中國大陸，當時除了要繼續撲滅「美帝國主義」及其「走狗蔣匪幫」的武力侵犯之外，還要時刻警惕和防範「蘇修社會帝國主義」即「新沙皇」的戰爭威脅。更不用說，「黨內一小撮」「走資本主義道路的當權派」和遍佈全國

的「地富反壞右」等等「反動勢力」和「階級敵人」的「反攻倒算」企圖。《列寧在十月》中的種種亂象，其實都可以在當時的大陸找到對應之處，最有代表性的就是「翻天覆地」的「文化大革命」。

而對領袖的無比崇拜和神化表現，既是《列寧在十月》的一大「亮點」，也是當局反覆放映這部影片的「要點」所在。這個「亮點」的原點本來出自斯大林的手筆，但既然革命的邏輯是相同的，那麼對革命領袖的崇拜也就沒有什麼不同。對革命領袖的崇拜並非肇始於斯大林，但斯大林是最大的代表者和受益者卻是確定無疑的。領袖需要人民的崇拜，人民需要神話般的領袖。也許二者互為前提，但斯大林將個人崇拜推到極致並形成模式，同樣是確定無疑的歷史事實。對《列寧在十月》的億萬中國大陸觀眾來說，這不是一個理論問題，而是一個鮮香活色、可以直接表現和投入的實際操作活動。觀眾最幸福的感覺還不全是看到了外國的人間的「神」，而是因為自己國家就有一個值得用鮮血和生命去崇拜並隨時為之犧牲、獻身的「神」——沒有誰可以否認，「文革」時期的毛澤東正處於「神壇」的頂峰階段〔註8〕。

〔註 8〕 「文革」時期，對毛澤東的個人崇拜達到頂峰——沒有人把他看作人，而是看作「神」。譬如「早請示」、「晚彙報」，跳「忠字舞」、唱頌歌等等類似集體祭神活動大行其道；那時候電影院放電影，一般都會在放「正片」前放一兩個叫做《新聞簡報》的「新聞紀錄片」暖場，當《新聞簡報》出現毛時，全體觀眾不約而同地長時間熱烈鼓掌，以表達崇敬之情。

對待「領袖」的個人崇拜，中、蘇兩國雖說實質上是一本同源，但表現形式上還是有所區別的。這種區別，與其說是中、蘇兩黨的政治文化區別，不如說是俄、漢兩個民族在文化上的區別。譬如，蘇聯電影很早就允許演員扮演「革命領袖」，大陸直至 1970 年代末期「文革」結束後，才允許在話劇和電影等表演藝術中出現領袖形象。即使如此，大陸文藝作品中的「領袖形象」，從純粹觀賞的角度上說，至今也未見起色，神化有餘而人化不足。

僅就此而言，無論是《列寧在十月》，還是它的續集《列寧在 1918 年》都讓大陸觀眾為之讚歎。譬如一方面把列寧的形象塑造得很「高大」，另一方面，也不乏世俗化的努力而且收效不錯。就像《列寧在十月》中，瓦西里的那個鄉下親戚最後見到列寧時感慨的那樣，「是個普通人嘛」。從文化審美的角度上說，列寧的生理缺陷譬如禿頂，之所以沒有給觀眾留下不美的印象，一方面歸功於導演的場面調度和構圖設計，另一方面又與大陸觀眾的文化視角有關：畢竟是外國人嘛。

在這一方面，大陸藝術家讓「革命領袖形象」真正走下「神壇」、歸於平凡的努力，一直到 2004 年才有了一個直觀體現，那就是雕塑作品《睡覺的毛主席》——這一點，《列寧在十月》在 1937 年就做到了，雖然，僅僅是在特定的藝術表現層面和特定指向上。

影片中兩個「偉大領袖」的親密關係，無形中印證著 1960 年代大陸政治格局中的相似場景。

換句話說，《列寧在十月》與其說是講「蘇聯人民」對無產階級革命領袖列寧和斯大林的熱愛和崇敬，倒不說是當時大陸民眾藉此表達對自己領袖的崇敬和熱愛。而貫穿《列寧在十月》中的「萬歲」口號系列，譬如「列寧萬歲」、「蘇維埃萬歲」，恰恰與當時的大陸社會尤其是「文革」時期的口號系列形成意識形態話語體系的無縫對接；影片表現出的對「無產階級革命領袖」和「偉大導師」的讚美、神化與膜拜，恰恰與當時的大陸社會尤其是「文革」時期個人崇拜達到頂峰的社會生態環境相呼應。

當時的人們都知道，「無產階級革命領袖」和「偉大導師」的排列順序是馬、恩、列、斯、毛。直到 1980 年代，天安門城樓上毛澤東畫像對面的廣場上，還矗立著馬、恩、列、斯四個外國「導師」的巨幅畫像。因此，斯大林

王文海：《睡覺的毛主席》，雕塑，2003 年創作　　隋建國：《夢魘》，裝置，2004 年創作

附：2006 年，兩位藝術家因為創作問題發生糾紛。參見：華商網—華商報—記者薛振宇：《藝術家「惡搞」毛澤東雕像被索賠一百萬（圖）》，載：搜狐文化>文化頻道>文化新聞（2006 年 11 月 22 日 09:09），網址：http://cul.sohu.com/20061122/n246538826.shtml。

對《列寧在十月》的指令拍攝，實際上是對自己作爲列寧合法繼承者在倫理修飾和道統完善層面的後臺程序運作體現——至於歷史眞相，那是另外一個問題，用斯氏自己的話說就是，勝利者是不會受譴責的〔註9〕——而大陸政治高層對《列寧在十月》的推崇和反覆公映，其邏輯如出一轍，無非是想從意識形態的層面和高度，完善其血緣倫理的法理性和正統性的道德鏈接，用當時流行的語言來說，就是證明其意識形態道統的「一脈相承」。

這兩張照片證明，「文革」爆發之前，天安門城樓上平時是不懸掛毛的畫像的。（圖片來源：小白菜的博客，網址 http://blog.sina.com.cn/s/blog_94196bf00101fw 98.html）。

寅、「親密戰友」和「接班人」

當時的人們不見得能夠瞭解和明白《列寧在十月》及其製作本身，就是爲蘇聯政治和斯大林統治服務的一部分，但卻都接受影片對領袖的神話般描寫的通俗化演繹和世俗化傳達，繼而領會其相關意識形態符碼轉換的意圖。譬如影片開始不久，列寧第一次出現是在從芬蘭回俄國的火車頭中，他說的第一句話，也就是向貼身護衛瓦西里交待的第一件事情，就是要求會見斯大林。到了住宿地，發出的第一條指示又是強調要見斯大林——這是列寧回國的第一天。

第二天，列寧見到斯大林後，一談就是四個小時，道別時還要兩次握手外加擁抱（09′35″）；召開中央委員會會議時，列寧之所以做出提前「起義」

〔註9〕 參見：環球網＞歷史＞中國大史記＞正文：斯大林對中共認識轉變：勝利者是不受譴責的（2011-11-02 14:42，人民網），網址：http://history.huanqiu.com/china/2011-11/2135381_4.html。

的決定，是因爲斯大林同志完全同意，因爲「他的意見完全正確」——列寧講話時，身後始終有斯大林和捷爾任斯基（紅色特工首領）陪伴左右——會議宣佈當選委員名單時，報出的第一個名字就是斯大林（12´00˝）；會議結束，留下來與列寧密談的，還是斯大林（18´38˝）；當「起義」消息泄露後，列寧命令瓦西里立刻去做的，就是「一分鐘也不要耽誤，快去找斯大林……就說我馬上就要見著他們，立刻就去！快去」（55´00˝）；「起事」當夜，列寧之所以連護兵也不肯等，要冒著生命危險趕到指揮部去，爲的還是要見斯大林——到了那裏，則是坐在走廊上等待斯大林（81´52˝），給人的感覺是被召見而不是會見。

剪影式的畫面處理，反映的是人爲拼接的歷史觀，這與列寧有事就求見斯大林是同一邏輯。

整個「起義」過程中，在指揮中心運籌帷幄的是斯大林（82´25˝）；列寧出場後，不是做決定，而是挽著斯大林的胳膊密談不已；而列寧一旦作出指示，領命者要麽是後來成爲克里姆林宮衛隊長的馬特維耶夫（命令他帶人佔領電話局），要麽是後來成爲「契卡」最高領導人的捷爾任斯基（命令他帶人佔領冬宮）（86´50˝）；起事完成後，從指揮部走出來接受群眾歡呼的，依次是列寧、斯大林、捷爾任斯基（99´15˝）——這與最後宣佈「起義」勝利時的出場順序完全相同（100´05˝）；影片的最後，列寧以標識性的儀式與姿態宣佈「工農革命勝利」，這時候，所有的人都保持原地不動，唯獨斯大林信心滿滿地從列寧背後、從畫左走到畫右（102´）。類似這種簡單直白的畫面語言，無不給當時的觀眾留下深刻印象。

換句話說，《列寧在十月》在塑造和表現列寧形象的時候，自始至終都是和斯大林綁在一起予以體現的。看上去列寧貌似最高領袖，但最高領袖每到

危急關頭、每當做出重大決策時,首先要做的,就是迫不及地表示要去見「斯大林同志」,爾後做出的決定,又往往是根據「斯大林同志」的意思——這是一個靈魂和軀體的關係。歷史上兩人的關係,也就是事實真相到底如何,影片沒有提及,觀眾也就信以為真。順便要說的是,當時幾乎所有的觀眾都對大陸放映的電影深信不疑。也有不相信的,但他們要麼是在海外,要麼是已在天堂,而且,大陸民眾對此也一無所知。

列寧定下起事的基調,然後就是斯大林運籌帷幄。這還是與歷史真實無關,只與編導的意圖有關。

因此,《列寧在十月》要表現和證明的,就是列寧領導的無產階級革命的成功背後有著斯大林同志的堅定支持,以及兩人親密無間的戰友關係。這是一條「紅線」,往上,聯接的是斯大林作為偉大導師和革命領袖列寧之後唯一的、合法的和必然的接班人形象和歷史地位〔註10〕。往下,蘇聯成為「蘇修」

〔註10〕 現在人們能看到的材料比較多,對這一問題也逐漸趨向全面客觀。譬如都知道列寧生前其實對斯大林是有相當的看法的,尤其在「遇刺」病重的時候,對斯大林越來越不放心,有材料說列寧晚年試圖剝奪斯大林的政治權力。因為從個人性格上看,來自格魯吉亞的斯大林比較粗暴和殘忍。考察一個人的個人性情和性格,你可以看看他的家庭生活和他對家人的態度——斯大林的妻子死於自殺,女兒最後是叛逃了——他對身邊女人的態度,顯然要比對他的敵人和對手要柔和得多。有的人儘管不愛他老婆,但卻能尊重她;一個對手下和對手非常殘酷無情的人,他對他的女人不會好到哪裏去。據說晚年的列寧並不欣賞斯大林,列寧是知識分子出身,對同類的人比較欣賞,最欣賞的是托爾斯基,以及莫洛托夫,還有一個就是《列寧在1918年》裏出現的布哈林同志。可惜這三位在影片中不是壞人就是叛徒,現實中不是被清洗就是被暗殺。至於列寧自己的死亡原因也很蹊蹺,至今沒有定論。也就是說,斯大林在列寧生前就開始清除其政治對手和政治夥伴,列寧死後更甚。因此,儘管歷史上迷霧重重,但有一點可以肯定,那就是列寧和斯大林的關係肯定不是影片所展示的這樣親密無間、情同手足。

（「蘇聯修正主義」）後，領導全世界共產主義運動的偉大領袖——自然就是
東方新中國的「偉大領袖」。

列寧去見斯大林，是坐在走廊上等來的；斯大林帶著捷爾任斯基來了以後再陪
著列寧走。

丙、《列寧在十月》與大陸社會政治生態和世俗生活的對應關聯

　　斯大林是繼列寧之後的第二個蘇共領導人，這個對蘇聯人民很重要，對
中國大陸也同樣重要，但它畢竟已經成為歷史。因為自 1953 年斯大林死後，
蘇聯領導人先後完成了從「赫魯曉夫之流」到「勃列日涅夫之流」的權力更
迭。因此，《列寧在十月》在中國大陸的廣泛傳播，最重要的作用是折射和
對應了 1949 年後大陸的政治生態和社會現實。換言之，《列寧在十月》這面
「哈哈鏡」，既印證著大陸民眾頭腦中「蘇聯革命」的「光榮歷史」，以及「無
產階級偉大導師」列寧、斯大林的「光輝形象」，也曲折和間接地映襯著大
陸當時的政治生活和物質生活等領域的世俗現實。

還有一點可以肯定地是，布爾什維克和蘇聯共產黨有許多優秀的領袖或者領
袖型人才，斯大林應該是其中之一，但絕不是唯一一個，更不是唯一一個被
列寧生前就任命的、在他死後是可以執掌蘇聯黨和國家領導權的繼承人。《列
寧在十月》如此著力、如此有意識的對歷史這般「編排」，無非是服務於斯
大林的意旨。有人說，編導《列寧在十月》和《列寧在一九一八年》時，「根
據蘇聯導演、劇作家米列克的回憶錄披露，斯大林指示羅姆，兩片重塑列寧
形象時，為了劇情需要，編劇可以大膽杜撰，必要時可以拋開歷史真實」，
而羅姆之所以能夠成為兩部影片的導演，最重要的原因是「政治條件好」。
（zy0532：《十月革命紅色經典影片的謊言》，載凱迪社區→貓論天下→貓眼
看人→〔轉貼〕《列寧在十月》《列寧在 1918》：十月革命紅色經典影片的謊
言，網址：http://club2.cat898.com/newbbs/dispbbs.asp?BoardID=1&ID=19899
06）。

左圖是列寧在影片中的經典性造型標識,左後方是斯大林。右圖是大陸「文革」
期間「領袖」與欽定「接班人」公開亮相時的政治「站位」LOGO(圖片來源:
http://book.hexun.com/2013-06-28/155590288.html)。電影與現實之間形成的畫面
構圖「雷同」,反映的是意識形態邏輯的同質化和血緣關係的一脈相承。

子、政治生態的對應與同構

　　首先,對於大陸民眾來說,政治學習是比吃飯還重要千萬倍的事情,而這個
影片不僅具有不亞於任何一部教科書所擁有的「政治正確性」,而且更為生動、
有趣,而且通俗易懂,尤其是 1970 年代的「文革」時期,更是一種不可多得的、
效果極好的圖解式宣傳,完全達到了當局用電影「教育人民」、「改造歷史」的終
極目的。譬如影片中,列寧就提到黨內有托洛斯基、加米涅夫和季諾維耶夫這樣
的「叛變」者。反觀大陸,1966 年「文革」開始不久,作為中共的二號人物、黨
內接班人的國家主席劉少奇,就被宣佈為「叛徒、特務、內奸、工賊」,很快就
被打倒、「批臭」,最終死無葬身之地;三年後的 1969 年,中共「九大」,又將毛
澤東的接班人以《憲法》和《黨章》的形式確定下來、公之於世〔註11〕。

　　哪想到沒過兩年,「接班人」林彪元帥又被宣佈帶著妻兒乘飛機「叛逃」
到「蘇修」的路上「自我爆炸」,暴屍蒙古荒原。在此前後,黨內外諸多元老,
如「共和國十大元帥」中的彭德懷、賀龍、陳毅等紛紛被「迫害致死」。直到
1976 年毛澤東去世,新一代接班人還在葬禮上歷數黨內歷史上諸多的「壞人」
和「劣跡」。總之,《列寧在十月》在大陸的熱映時期,恰恰是大陸政治生態
最為動盪險惡之時,而影片中被列寧宣佈的「壞人壞事」,幾乎都可以在當時
的大陸社會得到直接印證。從這個角度上說,「文革」前後的全體民眾都在眼
花繚亂地看戲,且邊演邊看,沒有戲裏戲外之別。

〔註11〕　參見:《中國共產黨章程(1969 年 4 月 14 日九大通過)》第一章《總綱》,來
　　　源:新華網 http://news.xinhuanet.com/ziliao/2007-10/16/content_6888244.htm。

其次，《列寧在十月》的空間背景雖然始終局限於「十月革命」爆發前的城市——聖彼得堡，但也不是沒有涉及蘇聯的農村「革命」態勢的篇幅。譬如影片當中有一處刻意設置的情節，列寧深夜借宿瓦西里家，瓦西里的老婆說鄉下的親戚寄來了一封信，說是農民把地主的牲口（生產資料）給分了、把地主的房子（生活資料）給燒了，然後問（列寧）能不能分地主的地？列寧立刻指示：「要分要分，寫信叫他們分」；又問，那地主怎麼處理？列寧再次指示：「攆出去，把他們攆走」；信上接著說，後來又決定把地主們都殺了！列寧說：「這封信寫得很好！」列寧的話（指示），其實就是「十月革命」後對待地主（包括富農）的農村政策，即使用暴力手段，物質上剝奪，肉體上消滅。這些政策和手段，都在1949年後的中國大陸得以廣泛深入地實施，「文革」時期更是「成績顯赫」，至今想來，還讓人心有餘悸〔註12〕。

會議結束，斯大林送列寧出門。畫面所形成的是主、客或主、賓關係，也是影片傳達的要點。

第三，《列寧在十月》之所以從1950年以後在大陸反覆公映，尤其是「文革」時期的影響更爲廣泛深入，一個重要原因就是影片中的戰爭背景，在整體態勢上與新政權成長發育的國際背景有相近相似之處。《列寧在十月》的時代背景是1914年至1918年爆發的第一次世界大戰，而1949年之後的新中國從成立之日起，就始終處於大大小小的戰爭起伏期。譬如，1950年到1953年，與美國爲代表的「聯合國軍」對決的「抗美援朝」；從1950年代到

〔註12〕 1949年後，尤其是「文革」時期，大陸社會中，由「階級成分」和「家庭出身」延伸出的社會歧視，愈演愈烈。譬如如果一個人的「家庭出身」是地主或富農，那他就基本上被排除於社會秩序之內，第一不會給你分配工作，第二你不能升學尤其是大學，甚至第三，男的找不著對象，女的無法嫁人——出身於資本家這樣的「資產階級家庭」，也是同樣下場，總之有錢就是罪惡本身。誰想到30年後，沒錢的人，自己都覺得有一身「原罪」，……

1960 年代，全力反擊「美帝國主義」支持下的「蔣匪幫」對大陸的武裝襲擾；在此期間的 1962 年，中、印邊境之戰；1969 年，中、蘇珍寶島之戰；在 1961 年至 1973 年席卷東南亞的印度支那戰爭中，解放軍易裝深入越南、老撾、柬埔寨抗擊美軍。所以到了「文革」後期，「最高領袖」乾脆向全民發出了「要準備打仗」的「最高指示」。換句話說，《列寧在十月》在大陸的熱映，其實是大陸處於戰爭和戰爭威脅背景下的產物。這也就是為什麼影片在「文革」後期的影響，要遠遠大於它前二十年影響的根本原因之一。

圖片來源：一品貧民 3 的博客（http://blog.sina.com.cn/u/3008661320），
網址：http://blog.sina.com.cn/s/blog_b35487480101aliy.html

實際上，對於 1949 年後尤其是「文革」時期的大陸觀眾而言，許多人對《列寧在十月》（包括其續集《列寧在 1918 年》）當中的歷史背景不甚了然。譬如「一戰」中的兩大對壘陣營誰是誰、又是誰跟誰開打？俄國為什麼不去打德國？德國不是法西斯嗎？列寧幹嘛不讓打了？「布爾什維克」就是共產

黨這個明白，但「布爾什維克」是啥意思？名稱接近的「孟什維克」是兄弟黨派還是後來叛變了？臨時政府、克倫斯基，這又是怎麼回事？不清楚，但不要緊，要緊的是大家知道，以列寧和斯大林爲代表的布爾什維克是「好人」，其他的譬如神馬孟什維克、社會革命黨人還有外國勢力，統統都是「壞人」：不是「叛徒」就是「特務」，要不就是「政治娼妓」或「反動派」——根本不知道這都是被人爲剪切後黏貼的歷史「新觀念」〔註13〕。

以上這些都是影片裏的壞人，除了「二月臨時政府」的首腦，就是各色「反動派」、「壞分子」。

〔註13〕 1949年以後，凡是被允許進入大陸公映的外國電影，無論其歷史背景和價值取向爲何，幾乎都難以逃脫被檢查單位刪節和改寫的命運，這種情形迄今也沒有多大改善。譬如我前幾天在畢業生自發形成的、甩賣書刊的跳蚤市場上，淘買到一本《蠟筆小新》。看了幾天之後我才驚訝地發現，這本連環畫與電視臺播映的日本同名動畫片，有許多不一致的地方——許多畫面甚至情節我根本就沒有在電視上看到過，我看過的VCD光盤上也沒有。這只能說明一個事實，那就是這個動畫片在翻譯引進的時候就被刪去許多。這與大陸民間的「仇日」情緒無關，因爲像3D版《泰坦尼克號》這樣的美國大片也是如此待遇。被看「節本」（「潔本」）是國人文化生活中的傳統娛樂項目，淵源其來有自。

　　第四，從 1949 年前後開始，蘇聯對中國大陸的影響是全方位的，從意識形態到軍事、經濟、文化等領域也幾乎是全部對應的仿傚關係。單就電影來說，1949 年後大陸的文藝作品，對敵對勢力一律使用醜化的方式和手法予以表現。譬如對領袖或我方正面人物多用亮光、仰拍，對壞人多用陰影、俯拍。這些「傳統」，均源自以《列寧在十月》為代表的蘇聯電影。但這裏要說明和強調的是，這種情形固然有蘇聯電影的巨大影響和絕世「貢獻」，但其淵源其實還有中國本土血統可以追尋。實際上，1930 年代中國的左翼電影已然如此，只不過，左翼電影的發展被 1937～1945 年的抗日戰爭打斷；1949 年後，在蘇聯文藝尤其是蘇聯電影「一邊倒」的影響下，倡導階級性、暴力性和宣傳性的左翼電影被片面地發揚光大了其時代性特徵，進而完成了極具蘇聯血統的意識形態理念和倫理基因的隔代遺傳〔註 14〕。

布爾什維克召集工人預備起事，同時拒絕其他派別權力介入，這與「文革」生態極為相似。

〔註 14〕　對這個問題的深入討論，請參見拙作《〈孤城烈女〉：左翼電影在 1936 年的餘波回轉和傳遞》（載《青海師範大學學報》2008 年第 6 期）、《1922～1936 年中國國產電影之流變——以現存的、公眾可以看到的文本作為實證支撐》（載《學術界》2009 年第 5 期）、《中國早期左翼電影暴力基因的植入及其歷史傳遞——以孫瑜 1932 年編導的〈火山情血〉為例》（載《河北師範大學學報》2009 年第 5 期）、《左翼電影-國防電影與新中國電影的血統淵源——以 1937 年新華影業公司出品的〈青年進行曲〉為例》（載《杭州師範大學學報》2011 年第 4 期），以及《政治和藝術示範的標本——超級女聲〈白毛女〉》（載《渤海大學學報》2007 年第 6 期）。除了最後一篇文章，其他文章的未刪節版均收入拙著《黑白膠片的文化時態——1922～1936 年中國早期電影現存文本讀解》（上海三聯書店 2009 年 10 月第 1 版）和《黑夜到來之前的中國電影——1937 年現存國產影片文本讀解》（中國廣播電視出版社 2012 年 1 月第 1 版），敬請批判。

　　《列寧在十月》中，凡是「壞人」和非無產階級，即「反動派」、資產階級、帝國主義分子、反革命分子、特務、內奸，甚至小知識分子、小市民等等，無不以醜化方式表現。對此，億萬大陸民眾應該是記憶猶新。譬如，影片把俄國臨時政府的首腦克倫斯基醜化成人格猥瑣、神經兮兮、超級自戀的弱智男，這與大陸在文藝作品中對待前民國政府首腦蔣介石的方式方法如出一轍。還有那些臨時政府的部長們，無不是偽君子、真小人，個個傲慢、虛偽、無能、顢頇、怯懦，卻又兇殘無比。再譬如那個打探列寧行蹤的特務，長得既像大馬猴又像弱智者。歷史的真相到底如何，當時的人們並不知道，能知道的就是，「壞人」不僅在民族氣節、政治品質、階級立場、道德情操有問題，連長相都不是一般地難看和醜陋。這與大陸文藝作品中的類似手法又是何其相似乃爾——凡是「壞人」，男的生理上都有缺陷，女的如果不難看，那就一定是個淫蕩之極的騷貨〔註15〕。

無論大頭目或小嘍囉、主子或奴才，無不弱智、醜陋、自戀、色屬內荏，這都是些什麼人啊。

丑、物質生活條件的對應和反差

　　列寧回國的當天夜裏，住在護衛瓦西里的家裏。影片交代得很清楚，那是個一居室，因為列寧堅持把床讓給夫妻倆，自己睡在靠近暖氣的地板上。這個情節應該給許多觀眾留下了深刻印象，因為，1918 年之前瓦西里家的居

〔註15〕　譬如「文革」時期有一本廣為流傳的「小人書」（連環畫），講的是「叛徒、特務、內奸、工賊」劉少奇的「故事」。說劉少奇他爸原來給他起的名字就叫「劉作皇」，意思是將來要做皇帝的；劉少奇長大以後不僅長了一個醜陋的大鼻子，還娶了個「妖精老婆」叫王光美。類似極盡醜化之能事的宣傳冊子，在「文革時期」可以說多如牛毛，雖然所醜化的對象不同，但手法是一致的、連貫的，在政治上和藝術上都是「正確的」。這種「小人書」的下作表現，實際上受到 1949 年後大陸電影創作傾向的影響。

住格局，一方面，與 1980 年代之前大陸民眾的居住環境幾乎等同，但另一方面，又遠遠地超出大陸普通民眾總體的居住水準。

譬如在一般民眾的生活概念中，不論你一家多少口人，基本上就是一居室的居住格局。而且這個空間還是「多功能」的綜合使用，根本沒有客廳、臥室、廚房之分，更不要說獨立的衛生間。直到 1970 年代，北京人罵架時最狠的一句，就是詛咒對方將來「屋裏吃、屋裏拉」。這是因爲那時普通民眾的居住水平總體上相當之差，住不上樓房的占絕大多數，這包括北京、上海、廣州這樣的超大型城市。住不上樓房住平房，就意味著沒有屬於自家的廁所，個人衛生問題只能上公共廁所解決。而一旦在屋裏解決這些問題，那就意味著癱瘓在床，生活不能自理。

溫馨的畫面折射的是，直到 1980 年代初，縫紉機還是大陸民眾結婚必備的「四大件」之一。

其實那個年代，即使是城市居民，即使是正常人，許多人夜裏的大小便都不得不在屋裏解決。譬如 1990 年代初期，大陸最有影響力的作家王小波曾經回憶過這樣的景象：冬日的清晨，一個新婚少婦睡眼惺忪地端著一個尿盆，呼啦一聲潑在胡同口下水道上，兩個粗硬的固體排泄物赫然挺立〔註 16〕。那

〔註 16〕　見王小波：《我的陰陽兩界》第二章，收入《黃金時代》，華夏出版社 1994 年版，第 372 頁。

是北京 1970～1980 年代的真實寫照，只不過大家都不怎麼願意訴諸文字、公開表達而已。而當時其他城市尤其是中小城市的類似情形，應該比首都還要不堪許多。至於廣大農村恐怕更甚，譬如 1980 年代影響廣泛的大陸第五代導演代表作之一的《老井》（1987），就有當家的男人早晨起來「倒尿盆」的鏡頭——現在很少有人還敢承認或者還記得這種早年生活經歷了。

瓦西里的妻子說要給客人去沏茶，這說明，這套一居室的房間還有其他空間，至少還有廚房。

也就是說，瓦西里家一居室的居住格局及其綜合功能，與當時大陸民眾的居住環境是驚人地相似。譬如那時家裏來了客人包括親朋好友，大都讓到床上去坐著，因為家裏擁有兩個以上的沙發、椅子和凳子的時代是 1980 年代以後的事情。鄉村做派，則是把客人讓到炕上去坐。與此相關的，就是接人待物的禮貌。直到 1970 年代，大人們要求小孩子「懂禮貌」的標誌之一，就是家裏來了客人，除了要主動倒水沏茶，還要拿火點煙——現在誰還敢這麼教孩子？

但另一方面，觀眾又從《列寧在十月》中看到了與自身生活條件反差巨大、難以望其項背的地方。譬如瓦西里家的房子固然是小了點兒，但人家只有三口人，而當時大陸一家有三個以上的孩子純屬正常，只有一個的絕對是少數。其次，列寧固然沒有床睡，但睡的可是地板——那時的普通民眾誰見過這個？家裏的地面能用磚頭鋪就，就已屬「豪華」，至於木質地板，沒人敢想——這也可以解釋，為什麼現今大陸民眾能做到房屋「裝修無止境」，都是那時窮怕了的原因。

　　瓦西里家的「奢侈」硬件遠不只這些，居然還有暖氣，這跟廁所一樣，都是樓房才有的配套設備。同樣「奢侈」的「高級配置」，就是安裝在房屋裏面的自來水龍頭。這兩樣對當時大陸的北方人觸動最大：誰沒有大冷天兒從外邊挑水回家然後生火做飯的經歷？直到 1989 年上半年，我到北京火車站左近的院子裏，還見到過豎立在平房院子裏的公用水龍頭。水龍頭裏的汩汩清水，不但解決了我這個外地盲流的飲水和洗漱問題，還讓我感受到重回人間的溫暖……。至今，許多人還對影片中的一個細節津津樂道：一個男人狂敲鄰居的門，說是要借借「氣爐子」。當時沒有幾個人知道這是什麼東西〔註17〕。

牆面的粗糙質感讓當時的觀眾感到親切，但並不是每戶人家都有掛鐘，所以人們只好掛照片——主要是領袖照。

　　大陸居民開始逐漸住進樓房，以及自來水和液化氣罐的普及，基本上是1980 年代的事情。在此之前，爐子倒是有，但不是蜂窩煤爐子就是生鐵爐子，有點兒社會地位或生活品味的人家倒是用煤油爐子，但絕大多數民眾壓根兒就沒聽說過還有「氣爐子」——除了在這部蘇聯電影裏。從這一點說，《列寧在十月》對大陸民眾的世俗生活起到的是理念上的提升作用。只是當時很少

〔註17〕　有網友回憶說：「早年看電影《列寧在 10 月》，其中有個鏡頭，有個特務找列寧，敲列寧住的屋子的門，房東來了，問有什麼事，他敷衍問：你有氣爐子嗎？如果我理解的沒有錯，應該是指煤氣爐吧？當時，我們國家還很落後，從來不知道，爐子還有氣的。大概過了 7、80 年，我們國家的人民也燒上了『氣爐子』，而且還有其它各種各樣的爐子」，來源：http://blog.sina.com.cn/u/48f2df830100087x。

有人去想，為什麼即使是 1978 年大陸的物質生活條件，整體上也還沒有達到俄國 1918 年之前，即沙皇統治時期的生活水準？

自來水龍頭是公用的還是私用的不重要，重要的是它有，而且還沒有水錶或是防人偷用的鎖頭。

丁、結語

現今，無論從正負哪個方面評價《列寧在十月》的歷史功過，都有一點是無法迴避的，那就是，這個電影在精神氣質上與中華人民共和國「同齡」，在政治傳播和世俗影響上，又與 1949 年後大陸億萬觀眾的心智成長相始終。譬如過去，人們都認為影片塑造的「革命領袖形象」充滿「魅力」，這一點比大陸自身的電影不知高出去多少倍。沒有幾個人見過列寧，但銀幕上的這個風雲人物，用現今的話來說很「酷」，那種個性、行為動作、語言和心理習慣，很有一種「霸氣外露」的感覺。譬如他對瓦西里交待工作時說，我不管過程我只要結果，這與現今無所不在的公司文化理念中的「執行力」概念，很有吻合之處。

此外，影片對「活人」即斯大林的塑造表現，遠不如「死人」和虛構人物傳神。在歷史上，並無瓦西里這個人物，他應該是許許多多在列寧身邊工作過的特工、警衛，或者追隨者的一個合成品，但你不得不承認，這個人物塑造得很帶感，尤其是他對「主人」的忠誠。我相信，瓦西里的人格模式影響著千千萬萬的青少年觀眾，我也不例外。另外一個虛構人物是叫馬特維耶夫的特工，此人後來成為《列寧在 1918 年》的克里姆林宮衛隊長。這哥們兒

即使在執行任務的時候，也會「經常從皮衣口袋裏拿出一把梳子梳頭，動作優雅瀟灑」〔註18〕。實際上這個人物的裝扮和個人性格，其魅力並不亞於「領袖」和「導師」，同樣也給觀眾留下了極其深刻的印象。

瓦西里家的空間佈局與 1970 年代大陸城市居民的居住水準幾乎
相同，但二者有 60 年的間隔。

然而說到底，現今人們大多知道，《列寧在十月》「對斯大林的描寫已經有許多與歷史不符、失實、誇大和臆造的東西」，到了《列寧在 1918 年》更是變本加厲〔註19〕。在許多重大歷史問題和人物關係上，影片「不實」和編造之處更多，莫斯科的電視臺早已不再播出這部影片〔註20〕。至少在俄羅斯，歷史終於等到了還其本來面目的一天〔註21〕。現在，如果不重看一次影片 VCD

〔註18〕 來源：http://women.sohu.com/20050322/n224800908.shtml。
〔註19〕 魯丁：《影片〈列寧在十月〉和〈列寧在 1918 年〉中的斯大林——從導演羅姆的夢談起》，《日本學論壇》1988 年第 4 期，第 22～25 頁。
〔註20〕 zy0532：《十月革命紅色經典影片的謊言》，載凱迪社區→貓論天下→貓眼看人→〔轉貼〕《列寧在十月》《列寧在 1918》：十月革命紅色經典影片的謊言，網址：http://club2.cat898.com/newbbs/dispbbs.asp?BoardID=1&ID=1989906。
〔註21〕 參見：半點兒正經：揮不去的歷史陰影——略談俄國十月革命真相（標題：監殺是革命的功利主義嗎？〔轉帖〕揮不去的歷史陰影——略談俄國十月革命真相，發帖時間：2003-11-26 17:06:25），見：青楓峽加貼在貓眼看人→凱迪網絡 http://www.cat898.com；以及：gc1986：蘇俄「十月革命」究竟是怎麼回事？——克倫斯基訪談錄，見凱迪社區→貓論天下→貓眼看人→蘇俄「十月革命」究竟是怎麼回事？——克倫斯基訪談錄，網址：http://club2.cat898.com/newbbs/dispbbs.asp?BoardID=1&ID=2077770。

碟片，能準確回憶影片細節的人——包括一些研究者——已經日漸稀少。同時，無論是「重溫」還是第一次「試看」，很少有人不把它當成「娛樂品」的。譬如有親歷者就說，《列寧在十月》「幾十年放映不衰，國人百看不厭」，因爲導演「將革命演繹成大眾娛樂」〔註22〕。對許多大陸觀眾而言，歷史眞相到底是什麼樣的，可能已經永遠無從知曉。因爲，他們當中的許多人已經與世長辭。

馬特維耶夫梳頭不忘幽默：「這兒的人火氣都大，工作也很緊張，可能碰得著你們，很危險！」

　　在同是共產黨當政的國家，歌頌無產階級領袖偉大領袖的影片，自然會被放在一個崇高的位置上，蘇聯如此，別的社會主義國家也如此。別的社會主義國家怎樣看待和推崇其他社會主義國家歌頌自己領袖的影片，當時的人們並不清楚，也沒有幾個人敢想這類問題。但人們知道並相信的是，在大陸放映的這些社會主義國家的電影中，要說歌頌「無產階級偉大領袖」和「革命導師」，蘇聯電影拍得最好，影響最大，其次就是朝鮮民主主義人民共和國（北朝鮮）。

　　在這方面，那些東歐社會主義國家既不如蘇聯，也比不過朝鮮。倒是大陸在這方面的製作可以和蘇、朝有得一比，至少體現出了大國氣勢——然而，但凡說到這一點，一定要從《列寧在十月》，以及它的續集《列寧在 1918 年》說起，這樣才能正本清源。因爲《列寧在十月》（及其續集《列寧在 1918 年》）對大陸社會深遠的政治性傳播和民眾的世俗化影響，無論時間長度還是嵌入程度，已經遠遠超出一般人的想像。即使放到世界電影傳播史上去勘查，這也是一個神話、一朵奇葩。

〔註22〕　王焱：《告別十月》，《讀書》2012 年第 4 期，第 131～141 頁。

戊、多餘的話

子、《列寧在十月》的觀影人數和後續影響

現今網絡上任何一個視頻，但凡能有個百八十萬的點擊率，就算是熱門、熱點了。一部「大片」，收穫幾個億的票房，就可以「傲視天下」。這些個數字，比起幾十年前電影的觀眾人數，都是小兒科。在電視沒有普及的 1980 年代之前，看電影是大陸民眾最主要、最密集的群體性文化活動，一部影片觀眾的人數，動輒數以億計。別忘了，那時候一張電影票，也就是五分、一毛，最牛叉的彩色寬銀幕故事片，也就敢賣到兩毛五——這已經是 1980 年代初的事情了。即便如此，電影在「1983～1993 年期間，單年最高觀眾達到 360 億人次，年度放映收入最高達到 23.6 億元」〔註 23〕。

《列寧在十月》在大陸放映了至少三十年以上，尤其是在「文革」後期，人們更是經年累月地反覆觀看，看過十遍二十遍的人絕不是少數，說它有百億人次以上的觀影記錄，應該是比較保守的算法。關鍵的問題還在於，以《列寧在十月》（和它的續集《列寧在 1918 年》）為代表的這些蘇聯電影，實際上已經滲透到人們的日常生活和精神世界當中，進而成了民眾生命歷程中的一個重要組成部分。至於 1949 年後大陸的文藝創作尤其是電影製作和審美心理，其直接和間接影響至今猶存。

譬如就後者而言，由於 1950 年代東北電影製片廠譯製的一系列蘇聯影片風行一時，所以，帶有濃鬱東北口音和東北文化風味的普通話，為 1980 年代

這種人手一槍並隨時可以群起而攻之的情景，是「文革」期間許多人的夢想，尤其是青少年。

組織上發槍，連老娘們兒都來領——不管歷史是否真的如此，「文革」時的觀眾對此心馳神往。

〔註 23〕《中國電影人口述歷史系列——胡健訪談錄》，陳墨、王家祥記錄，《當代電影》2009 年第 8 期，第 44 頁。

東北小品「二人轉」的風行奠定了文化傳播基礎——1949 年後，東北話之所以在眾多地方方言（譬如四川話、陝西話）中一枝獨秀、睥睨群雄，除了東北地區的重工業輻射大陸的經濟原因之外，「東影」的「譯製片」功不可沒。因為在一定程度上說，它既是中、蘇意識形態話語體系的「中轉站」和「轉換器」，也是俄蘇文化嵌入漢文化的「橋頭堡」和「集散地」。

丑、「風水輪流轉」的「長影」和「上影」

　　東北電影製片廠成立於 1946 年，廠齡比新中國還早 3 年，從 1955 年改名為長春電影製片廠，一直到 1970 年代，「東影」—「長影」既是大陸三大電影生產中心之一，也是最大的電影譯製片基地。其語言模式尤其是譯製片的語言模式，對大陸的「國語」也就是就是普通話的影響力非常之大，其特有的東北「風味」，對普通話的「薰陶」也是毋庸置疑的。其次，由於「東影」—「長影」的發展和崛起與中蘇「政治蜜月」伴隨始終，因此其語言模式背後的意識形態思維模式和藝術表達模式，也始終主導著大陸譯製片的發展潮流和風格特徵。

當年大陸觀眾尤其是青少年們，最欣賞和反覆演繹的場景之一，就是這個——軍官揪住被司機打昏的密探，狂呼「地址！地址！」。　從《列寧在十月》譯製版的片尾信息可以判斷，「東影」對蘇聯電影的譯製工作，不應當是 1949 年 10 月以後才起步的。因為即使在今天，兩三年 20 部的譯製也是一個相當繁重的工作。

　　作為三大電影生產中心之一的上海，從 1949 年到 1960 年代，其政治地位和文化地位處於迅速下降時期。這是因為，1950 年代初期，大陸最高當局點名批判否定的幾部有「政治性問題」的影片，幾乎全部出自上海的私營電影廠；而中蘇蜜月期間的上海版譯製片，在整體上無法與「東影」—「長影」的「傳統優勢」相「抗衡」——畢竟，「上影」的歷史和文化優勢，在於以

美、日爲代表的西方資本主義國家的電影培育,譯製蘇聯電影不是沒有「貢獻」(譬如《列寧在十月》的續集《列寧在 1918 年》就出自「上譯廠」),但畢竟不是其長項,自身優勢難以發揮。

隨著中、蘇關係破裂並走向對立,當局對西方發達國家尤其是歐美國家關係的開始予以重視,從 1960 年代開始,「上影」的譯製片迅速趕上。尤其是 1970 年代初的「文革」後期,由於大陸與日、美關係有意識地政策性改變,「上影」譯製的僅供高層調閱和小範圍放映的「內參片」,不僅影響巨大、廣受好評,而且極大地改善和提升了「上影」的「政治地位」。與此同時,附著於影片的歐、美、日等西方文化信息,又激活了上海文化中同譜系的血緣基因,使得「上影」譯製片的「洋派」和「洋味兒」風靡一時、風頭無兩。直到如今,大陸觀眾念念不忘、如癡如醉的集體感覺和溫情記憶,有很大一部分,是來自對「上影」譯製片那樣的「風情」眷戀。

當然,「上影版」譯製片的崛起,其實還有大陸高層內部政治勢力崛起的深層原因。1966 年「文革」爆發後,來自上海的地方「諸侯」勢力,成爲當時大陸最炙手可熱、佔據權力上風的實力集團。譬如俗稱「上海幫」的代表人物「四人幫」——王洪文、張春橋、江青、姚文元,其「政治出身」皆來自上海或從上海起家。而他們的背後,是最高權力執掌者本身的權衡偏向。正因如此,「上影版」譯製片在擔當起爲中共高層傳達西方信息的政治重任的同時,其上海地域文化特徵又取代了中共起家的東北文化底蘊。當然,1990 年後,隨著西方電影的大規模進入和民眾觀影習慣的改變,「譯製片」不論來自哪一個電影廠,均喪失了以往的引領時代風氣的先鋒地位,集體落入窮途。

「數風流人物」,俱往矣。

寅、列寧「上網」以及普京的關聯

今天看《列寧在十月》真的會讓人感慨萬千,當年布爾什維克「革命成功」,能夠隨時獲取、捕捉不同勢力和角度的信息,顯然是最關鍵的環節。譬如列寧剛到彼得堡住下,就讓瓦西里給他找當地的地圖;「起義」舉事之前,又讓瓦西里給他買來各種報紙,但責怪沒有小報。瓦西里辯解說:「弗拉基米爾·伊里奇,那種下流刊物流氓報紙,我以爲您不能要呢」。列寧的回答堪稱「神對」:「你要不要我不知道,可我要」。這就好比列寧現今準備起事,他第一件事就是上網收集和分析信息。這種對信息全面索取的求實態度和信息收

集的便利條件，同樣也讓人感慨。因爲「無產階級革命」可以便利地從對立「階級」辦的報紙上得到一切想知道的東西。這說明，即使在「資產階級」「統治」時期，媒體也能提供包括對「革命者」有利的正常信息——這在今天也不是都能做到的一點。權力沒有權利剝奪公民獲取信息的權力和權利。

　　2000年普京上臺的時候，俄羅斯的報紙說，蘇聯歷史上的領袖，有一個驚人相似的現象，凡是禿頂的，都是革命派，凡是一頭濃髮的，都是保守派。印證一下，列寧—斯大林，赫魯曉夫—勃列日涅夫，戈爾巴喬夫—葉利欽，果然如此。普京與列寧，都是基本禿頂。這不是面相學，這是事實。普京在擔任兩任總統期間（2000～2008）曾保證說以後不再連任，這讓無數人肅然起敬。權力對人、尤其是對男人的腐蝕和魅力超過世上任何東西，比百萬美女綁在一起都厲害。因爲有權就意味著擁有一切。居於權力頂端的人說8年後不再連任，歷史上只有華盛頓做到了。如果普京真做到了這一步，這個國家就進入到民主和現代國家的行列。美國之所以是強大，關鍵在制度。人是靠不住的，因爲人性是善惡同體。問題是，到我修改這篇文章的時候，普京已從總理任上再次轉任總統。可見，人是會變的，不變是不正常的。

早在1930年代，中共就已經開始提出並踐行這一口號，進而成爲1949年後的國家行爲意識。

卯、俄國的聖彼得堡和北京的十里堡、馬家堡

「文革」時期，許多人是從《列寧在十月》這樣的蘇聯電影中知道俄國有個城市叫彼得堡的。這個城市是俄羅斯─蘇聯─俄羅斯歷史變遷的縮影。據說它原先叫聖彼得格勒（1703 年命名），1914 年更名為彼得格勒，1917 年改叫列寧格勒，1991 年恢復了原名聖彼得堡〔註24〕。若從執政者的角度上說，「十月革命」推翻的「二月革命」臨時政府首腦克倫斯基，就是聖彼得堡大學 1899 級的學生，七十多年後，他的一個 1970 年入學的小師弟，在 1992 年成為聖彼得堡市第一副市長，後來又輪流做了俄羅斯總統─總理─總統──他就是普京。「普京雖然曾經是前蘇聯的一名克格勃中校軍官，但已經脫胎換骨，絕口不提列寧的布爾什維克。歷史開了一個不大不小的玩笑」〔註25〕。

問題是，這個「堡」字明明是念堡壘的堡（bao），因為《新華字典》中這個字只有這麼一個讀音。但奇怪的是，「東影」譯製的《列寧在十月》偏偏把這個字念做鋪位的鋪（pu）。許多人不明就裏，困惑至今。我猜測，要麼是

此乃傳說中的阿芙樂爾號巡洋艦以及「一聲炮響」，可現在大家都知道，這都不是真的〔註26〕。

〔註24〕 王焱：《告別十月》，《讀書》2012 年第 4 期，第 131～141 頁。
〔註25〕 朱偉一：《列寧在十月與〈列寧在十月〉》，《世界博覽》2000 年第 9 期，第 39～42 頁。
〔註26〕 朱偉一：《列寧在十月與〈列寧在十月〉》，《世界博覽》2000 年第 9 期，第 39～42 頁。

配音演員家鄉的地方方言就這麼念這個字，要麼，是配音的編導和配音演員一起念了個白字，結果是以訛傳訛。所以，迄今還有相當多的大陸人都這麼念。譬如我所在的北京廣播學院附近有個地方叫「十里堡」，你要是坐車或跟當地人說我去「十里 bao」，一定會被當成怪物一樣看待。東四環有一個地方叫「馬家堡」，你要問「馬家 bao」怎麼去，一樣沒人搭理你。在北京，這兩個地方在口語中都叫「十里鋪」和「馬家鋪」，就跟「大柵（she）欄兒」不能念成「大柵（za）欄」一樣。

　　語言約定俗成，貌似沒道理可講，可道理其實就在那兒——這個字念錯了。1951 年，「東影」譯製的《保衛察里津》還是把這個字念做鋪位的鋪。而同一年由「上影」譯製的《列寧在十月》續集《列寧在 1918 年》裏，這個字音終於被糾正過來了，但爲時已晚；就像這兩部影片的政治影響，已經深入大陸民眾的行爲意識一樣。一個字讀音的小插曲，還可以看作是中國一南一北兩個電影中心不同的文化底蘊和體現風格。

誰敢跟蹤領袖就幹掉他，碰到大群敵人就用自己的身軀把領袖掩護在身後。這才是貼身護衛。

辰、瓦西里的後貼身保鏢心態

　　幾十年後重看《列寧在十月》，我突然對自己的人格心理機制的形成有所醒悟。從小我就願意跟著年齡比我大的人一起玩兒，是男是女倒無所謂，反正有「頭兒」就行。這種心態對於當學生很有好處，譬如一直很招老師待見——當然，學習成績好是一個客觀原因。成年以後，雖然我 20 歲就在中專當老師，迄今又在大學任教二十餘年，（而且一直不太在意「教授」、「博士」這類外在的社會身份劃分，因爲這是一種行業內部的專業定位與標識，與世俗生活不應該捲入太深；四十歲以後，我就斷了名利之心，認了一輩子作「教

書匠」的命），但我還是不能從根本上去除那種甘願當「跟班兒」的心理情結。所以平時我自覺不自覺地會跟隨著各種各樣的「老大」，駕輕就熟地扮演苦力、手下或「歡呼的群眾」乃至「衝鋒隊員」的角色。換言之，「自由之思想」於我沒有太大問題，但「獨立之人格」卻始終與我有一定距離。

瓦西里和妻子深情地凝視著睡在自己家中的革命領袖。他們不要睡，因爲領袖需要時刻保衛。

　　現在我突然明白，我這種社會學意義上的「庸眾」和「愚民」的潛意識的心理定位，源自少年時代對瓦西里這個人物形象的高度認可和狂熱崇拜。《列寧在十月》教給我許多「革命大道理」，但更鋪就了我的這種「跟班兒」心理底蘊。你看影片中的瓦西里，他對「革命導師」和「革命領袖」的熱愛、追隨和無條件服從到了怎樣的一個程度？而這種人物關係和心理模式，不正是影片前臺編導和後臺老闆所要達到的效果嗎？年輕時我雖然沒有親見「列寧」，但始終生活、思考在其「思想」的暗影中不可自拔。幸虧，我始終不變的教師職業讓我免受誤入歧途之苦——雖然在思想上，我有很長一段時期內，譬如二十七歲之前，和絕大多數大陸民眾一樣，還是免不了有意無意地扮演了一個意識形態上的小跟班角色。

領袖在屋裏開會，瓦西里在屋外徹夜守衛；領袖在屋內工作，瓦西里放棄休息，再次滿懷深情地凝視著領袖。

巳、延伸讀片（按譯製時間排序，黑體標出的爲產生重大影響的影片）

1、《普通一兵》（《一個普通的戰士》），1947 年出品，中央電影局東北電影製片廠 1949 年譯製；

2、《小海軍》，出品年代不詳，中央電影局東北電影製片廠 1950 年譯製；

3、《紅領巾》，出品年代不詳，中央電影局東北電影製片廠 1950 年譯製；

4、《丹娘》（《卓婭》），1945 年出品，中央電影局東北電影製片廠 1950 年譯製；

5、**《鄉村女教師》**，1947 年出品，中央電影局上海電影製片廠 1950 年譯製；

6、**《鋼鐵是怎樣煉成的》**，1942 年出品，中央電影局上海電影製片廠 1950 年譯製；

7、**《列寧在 1918 年》**，1939 年出品，中央電影局上海電影製片廠 1951 年譯製；

8、**《保衛察里津》**，1942 年出品，中央電影局東北電影製片廠 1951 年譯製；

9、《帶槍的人》，1939 年出品，中央電影局東北電影製片廠 1951 年譯製；

10、《夏伯陽》，1935 年出品，中央電影局東北電影製片廠 1951 年譯製；

11、《政府委員》，1940 年出品，中央電影局東北電影製片廠 1951 年譯製；

12、《保爾·柯察金》，1957 年出品，長春電影製片廠 1957 年譯製；

13、《雁南飛》，1957 年出品，上海電影製片廠 1958 年譯製；

14、《第四十一》，1956 年出品，上海電影製片廠 1958 年譯製；

15、**《這裏的黎明靜悄悄》**，1972 年出品，中央電視臺 1984 年譯製；

16、《靜靜的頓河》，2006 年出品，中央電視臺 2013 年譯製〔註27〕。

〔註27〕 本章收入本書前，正文部分約 12000 字（不包括經典臺詞和戊、多餘的話以及幾乎一半的注釋），曾以《〈列寧在十月〉的政治性傳播與世俗化影響》爲題，與嚴玲共同署名發表於 2013 年第 10 期《學術界》（合肥，單月刊）。關鍵詞與雜誌發表版相同，但雜誌發表版的摘要與本章的閱讀指要不同，現與英文摘要一同附上，供讀者比較批判：

《〈列寧在十月〉的政治性傳播與世俗化影響》

摘要：直到 1980 年代初，1950 年由官方正式譯製的《列寧在十月》始終在中國大陸放映。尤其是 1970 年代「文革」期間，作爲屈指可數的幾個反

初稿時間：2007 年 5 月 8 日
初稿錄入：李振營
二稿改定：2013 年 6 月 8 日～18 日
配圖注釋：2013 年 7 月 1 日～7 日
校改修訂：2015 年 1 月 18 日～31 日

圖片來源：一品貧民 3 的博客（http://blog.sina.com.cn/u/3008661320），網址：http://blog.sina.com.cn/s/blog_b35487480101aliz.html

圖片來源：一品貧民 3 的博客（http://blog.sina.com.cn/u/3008661320），網址：http://blog.sina.com.cn/s/blog_b35487480101aliz.html。

覆放映的蘇聯電影之一，數量龐大的觀眾人數在創造了電影放映史上奇觀的同時，影片中的臺詞讓人耳熟能詳、出口成誦。影片的主題思想不僅融入內地民眾的日常生活和行爲意識之中，成爲也大陸當代文化生活的重要組成部分。影片的譯製引進，直接滿足了 1949 年後中國大陸政治生態的現實需求，除了用以證明馬恩列斯毛在意識形態上的倫理血緣關聯之外，還從根本上奠定了大陸民眾對自己領袖至高無上的個人崇拜根基。

The Ideology Dissemination and Mundane Impact of Lenin in October
Abstract: *Lenin in October*,introduced and translated by Chinese officially in 1950，ran in mainland until the early 1980s. Especially during "Cultural Revolution" in 1970s，as one of very few Soviet films run repeatedly，the film lines were remembered and recited by many Chinese，and the number of audience created a miracle in the history of film. The main idea of the film not only melted into people's daily lives，behaviors，and minds，but also constructed an important part of mainland culture. The film just satisfied the real world demand for political ecology in late 1949's China，which proves the ideological sibship between Marx，Engels，Lenin，Stalin and Mao. Furthermore，the film made a firm foundation for the situation that mainland people worshiped their leader devoutly.
Key words: Lenin in October；ideological sibship；political ecology；mundane response；individual worship；

《海岸風雷》(1966)：「打倒法西斯，自由屬於人民」——阿爾巴尼亞電影與大陸電影模式的異同及世俗比照

閱讀指要：

　　由於中、阿兩黨在特殊時代的「特殊友誼」，歐洲彈丸小國阿爾巴尼亞的電影，成為唯一貫穿整個「文革」時期公映的外國「大片」，《海岸風雷》是其中一個代表性的標本。影片的暴力革命模式、思想教育模式、叛徒模式、小規模的武裝抵抗模式等，與大陸當年盛行十幾年的「紅色經典電影」多有重合或類似之處。而影片透露的與大陸社會現實生活多有交集和比照效果的信息，譬如在「革命」理念統攝下的親情倫理、飲食起居、服裝審美和家庭成員關係等，除了讓大陸民眾感到熟悉、親切之外，又讓觀眾悲欣交集。從大的國際環境上說，《海岸風雷》是「冷戰」時期必然的時代產物，從大陸自身的文化視角上看，影片又與當時大陸社會的生活狀態、精神生活和物質生活形成互文。當時的觀眾雖然知道影片的背景是 1940 年代的「二戰」時期，但沒有人知道，阿爾巴尼亞電影的公映背後，隱藏著大陸上千億人民幣無償援助的歷史黑洞：忍饑挨餓過窮日子的大陸民眾，養肥了一隻萬里之外的白眼兒狼。

關鍵詞：阿爾巴尼亞電影；《海岸風雷》；模式；親情倫理；世俗生活；

專業鏈接 1：《海岸風雷》（故事片，黑白），阿爾巴尼亞，1966 年出品，上海
工農兵電影譯製廠 1967 年 10 月配音複製，VCD（雙碟）時長：
82 分 25 秒〔註1〕。

>>> 編劇：S・彼塔卡、H・哈卡尼；導演：H・哈卡尼。

>>> 主要人物：

老漁民姚奴茲，大兒子賽力姆（敵方線人），二兒子
迪尼，三兒子彼特里，四兒子維希普；其他地下抵抗
組織成員：馬里克、甘茨、喬治、施帕莉莎（女）；
壞人：特務頭子勃魯諾、警察局長〔註2〕。

專業鏈接 2：原片中文片頭、演職員表及片尾字幕（標點符號爲錄入者添加）

〔註 1〕影片譯製公映的時間正逢「文革」初期，是大陸社會最爲動蕩的危險階段，
這一點從影片的譯製單位名稱上就可看出端倪。此外，譯製版的時長一定與
原片不符，我大致判斷譯製和公映時一定有所刪節，譬如賽力姆在酒館裏那
場戲，因爲有水兵和「壞女人」調情的場景。

〔註 2〕VCD 版的《海岸風雷》中沒有出現配音演員的名字，這證明那時的電影膠片
上也沒有。這個沒有「道理」的現象其實是有道理的。「文化大革命」的主要
特徵之一就是要「革」那「文化」的命，譬如「資産階級名利思想」之類。
連製片廠都改名叫工農兵電影製片廠了，那些配音演員要什麼「名」呢？根
據網上的查詢結果，配音演員主要有于鼎、戴學盧、李梓、尚華、伍經緯、
畢克、胡慶漢、楊成純等（來源：百度百科 http://baike.baidu.com/view/60463
14.htm，以及時光網 http://i.mtime.com/163196/blog/970900/）。

估計沒有幾個人還會記得或注意到這樣一個叱吒風雲的電影廠名稱：那個時
代正在被遺忘。

片頭字幕：

《海岸風雷》。根據話劇《漁人之家》改編。

編劇：S‧彼塔卡、H‧哈卡尼；攝影：P‧米爾卡尼；音樂：C‧柴臺亞；

演員表：

姚奴茲……N‧魯卡，

賽力姆……K‧斯巴依伏格里，

迪尼……A‧舒克，

勃魯諾……S‧帕羅西，

彼特里……D‧彼嘎尼，

馬里克……E‧卡德里阿，

喬治……R‧納德列尼卡，

甘茨……F‧哈其雷，

維希普……V‧富爾其烏，

母親……M‧羅果列特西，

施帕莉莎……P‧帕麗符蒂，

警察局長……S‧島魯米。

本片承杜爾列斯地區勞動人民協助攝製。

廣播電臺及電影製片廠交響樂團演奏：

指揮：F‧臺提阿；製片主任：T‧鮑卓；導演：H‧哈卡尼。

新阿爾巴尼亞電影製片廠出品。地拉那。1966。

上海工農兵電影譯製廠配音複製。一九六七年十月。

片尾字幕：完。

經典臺詞：

「被砍下的那個鬢髮花白的人頭，像活著一樣在微笑」——「真是了不起！」

「我不吃！我一看見這些鹹魚就膩透了……打漁這個倒黴行當，嗨，連根上吊繩都買不起！」

「消滅法西斯，自由屬於人民！」

「每次我把傳單交給你的時候，你都怕得發抖」——「他大概是有點貧血症」。

「不過這個寶貝針頭是長了點兒……不疼吧？祝你早日健康！」——

「謝謝你，我的孩子」。

「真是笑話！你們這夥人湊在一起連飯都吃不飽，還想打意大利人呐？！」
——「這話你從那兒學來的？從酒吧間？！」

「共產主義法西斯我都不要，我要我的利益！」

「你可以不愛我，可以不愛這個為你吃盡苦頭的媽媽，你這個可惡的畜生！可你要愛阿爾巴尼亞！你聽著，要愛祖國！你要想正正當當地活著，就應該這麼做！」

「呵呵，已經到了這種地步了」。

「我和你合夥做筆好生意」——「得有條件」——「說吧，要什麼？」——「除了工錢，我每替你們效勞一次，就得拿一次報酬。這可是個冒險的生意」——「你簽字吧，我的老弟」。

「我們的忍耐是有限度的，我可沒那麼多時間」。

「我倒要看看你這個共產黨員的決心能堅持多久！中尉，從頭再來，把你們的本領使出來，怎麼也得撬開她的嘴！」

「老年人的話，他們就是不肯聽！」

「聽著！我再說一遍，你們家裏窩藏了一個共產黨員。只要你把他交出來，就跟你沒關係了」——「我也再跟你說一遍，軍官先生，我們家裏沒窩藏任何人！」

「船長，共產黨人是不會投降的。不過我要是再不出來，他們就會抓你們」。

「對於那些破壞我們組織的特務，必須給予應有的懲罰。這是黨的決定！」

「我執行人民的決定，判處你死刑！」

「老婆子，快拿點兒吃的來！」

「孩子，你變得多了。當然，拿槍桿子的生活，使得你顯老了」。

……。

以往影片人氣指數：★★★★★

現今觀賞推薦指數：★★★☆☆

甲、大陸 1970 年代的外國「進口大片」有很多

　　2012 年 4 月 10 日，3D 版《泰坦尼克號》開始在中國大陸上映，第一天票房收入 7300 萬人民幣〔註3〕，是北美 3 月 27 日首映票房 475 萬美元的兩

〔註 3〕 參見：http://ent.163.com/12/0417/14/7VA4F12300032DGD.html。

倍多〔註 4〕；第一周票房超過人民幣五個億〔註 5〕，占全球票房的 38%；同時，打破了美片《變形金剛 3》開創的首周最高票房記錄，成為第一部中國大陸票房高於美國本土票房的好萊塢大片；《泰坦尼克號》第二周的全球收入是 8800 萬美元，其中國大陸貢獻 5800 萬美元，占票房 6 成以上〔註 6〕。而 2012 版的《泰坦尼克號》，不過是把 1997 年同一個導演的同名電影從 2D 變成 3D 而已。

阿爾巴尼亞雖說是個小國，但歐洲電影藝術畢竟是根深葉茂，譬如片頭的處理迄今讓人歎服。　但在大海上邊捕魚邊給兒子們講英雄人物的革命故事，卻與大陸電影的主題思想異曲同工。

　　這說明，第一，近幾年來，好萊塢電影的全球市場，有愈來愈多、越來越大的份額被中國大陸霸佔；第二，自 1990 年代後期開始，美國大片迅速覆蓋大陸電影市場的現象重演了 1949 年前的歷史。第三，每個時代都有自己的大片和爛片，有時候還往往是二者合一。譬如，無論哪一版《泰坦尼克號》都是一部低智商的爛片，無非是借鄉下屌絲逆襲白富美成功的低俗故事，體現底層民眾拿上流社會開涮的集體狂歡精神，其境界和智商，距離它的母本、英國影片《冰海沉船》相距甚遠〔註 7〕。

〔註 4〕參見：http://cul.sohu.com/20120419/n340980567.shtml。

〔註 5〕參見：http://henan.qq.com/a/20120416/000210.htm。

〔註 6〕參見：http://www.ahradio.com.cn/news/system/2012/04/19/002166477.shtml.

〔註 7〕《冰海沉船》（A Night to Remember），又名《銘記的夜晚》、《難忘之夜》、《泰坦尼克號》；英國，黑白故事片，1958 年出品；編劇：Walter Lord（book）、Eric Ambler（screenplay），導演：羅伊·沃德·貝克（Roy Ward Baker），主演：肯尼斯·摩爾（Kenneth More）、霍納爾·布萊克曼（Honor Blackman）、大衛·參考姆（David McCallum）；上海電影製片廠 1961 年譯製。我對該片另有專文分析但尚未發表，敬請關注。

　　阿爾巴尼亞 1966 年出品、1967 年被大陸譯製引進的黑白故事片《海岸風雷》，就是 1970 年代對中國大陸社會產生巨大影響的外國大片之一。那時不興「票房」這一說，況且，五分、一毛錢的票價，用不著「資產階級」那一套統計方式。中國有的是人，當時外國片的觀眾不比現在少，因為凡是能看到的電影天天都有人看，看的還不止十遍八遍，因為沒別的可看。說起來這也是百年一遇的盛況，不比現今遜色〔註 8〕。

兩個跟著老爸又幹活又聽革命故事的兒子必然是革命者，這是影片開題就奠定的倫理基調。

大媽舉燈的造型，讓人想起「文革」時期的說法：阿爾巴尼亞是歐洲社會主義的一盞明燈。

　　1950 年朝鮮戰爭爆發後，由於大陸采取了全面倒向蘇聯的「一邊倒」的軍政路線和治國方針，所以在全面禁映以美國為代表的西方資本主義國家電影的同時，以蘇聯電影為代表的社會主義國家的大批電影進入大陸。1960 年代，中、蘇兩黨交惡，尤其是 1970 年代「文革」期間，蘇聯電影只允許有選擇地在大陸放映，基本上都是斯大林時代的產物。譬如《列寧在十月》、《列寧在 1918 年》、《政府委員》、《保衛察里津》、《攻克柏林》、《夏伯陽》等，都是 1930～1940 年代出品的老片，新的只有作為「內參片」放映的《解放》（1969 年出品，1973 年譯製）。

　　1960～1970 年代大陸的外國電影「市場」，基本上被東歐和亞洲的「社會主義國家電影」佔據。因為蘇聯已經「變修」，所以就東歐而言，「緊跟」蘇聯的那些「衛星國」的電影早被認為是「修正主義」的「貨色」，因此，東德、

〔註 8〕 大陸微博上這幾年不斷有人抱怨說這個時代太「幸福」了，什麼都被趕上了，譬如「百年一遇的日全食碰上過三次，五百年一遇的洪水見過 10 次，千年一遇的地震見過 2 次，唯獨四年一遇的全民大選還沒遇見過」（來源：http://tieba.baidu.com/p/1615467494）。

波蘭、捷克斯洛伐克、匈牙利的電影基本絕迹。只有幾個和「蘇修」對著幹的國家，它們的電影可以被引進譯製。一個是由霍查和謝胡把持的阿爾巴尼亞，一個是齊奧塞斯庫一家統治下的羅馬尼亞，還有一個是先是「變修」，後來又「變好」了的、鐵托掌控下的南斯拉夫。

一分四十秒之後才出片頭字幕的手法，再次展示了與中國大陸電影不同的歐洲電影血統。

　　單就數量而言，阿爾巴尼亞的譯製片最多，至少有二十部以上。按照影片出品的時間順序，影響比較大的，有《他們也在戰鬥》（1961）、《勇敢的人們》（1965）、《寧死不屈》（1968）、《廣闊的地平線》（1968）、《地下游擊隊》（1969）、《伏擊戰》（1969）、《創傷》（1969）、《第八個是銅像》（1970）、《初春》（1976）等。羅馬尼亞的有《多瑙河之波》（1959）、《爆炸》（1972）和《巴布什卡歷險記》（1973年）等。對中國大陸同樣影響巨大的南斯拉夫影片《瓦爾特保衛薩拉熱窩》（1969）和《橋》（1969），其實是早在「文革」後期就已經在「內部」放映過的「內參片」，只不過1976年後才拿出來向民眾公映。

　　所謂「內參片」，是極具「中國特色」是專有詞彙和現象，其實是不對普通公眾放映，只供中上層黨、政、軍等「有關部門」和「系統」內部作「參考批判」之用的影片。譬如日本的《啊，江田島》（1959）、《三本五十六》（同年出品，八一電影製片廠1968年譯製；）、《啊，海軍》（1969年出品，八一電影製片廠同年譯製）、《日本海大海戰》（1969年出品，八一電影製片廠同年譯製）和《軍閥》（1970）等，美國的《魂斷藍橋》（1940年出品，上海電影譯製廠1976年譯製）、《虎！虎！虎！》（與日本合拍，1970年出品，1972年譯製）。這些影片基本上都是「文革」期間譯製並作為「內參片」放映的。「內參片」雖說是「內部放映」，但中國是個人情社會，所以觀眾群體其實還是相當龐大的。

同樣是老漁民的兒子，但又抽煙又喝酒的一定不是好兒子。這一點和大陸電影一樣又不一樣。

抽煙的女人一定是壞女人，這和大陸電影一樣；壞女人一定都很漂亮，這和大陸電影更一樣。

　　至於同屬於亞洲但卻屬於「社會主義國家陣營」的北朝鮮和北越，其電影基本上成為面向普通民眾的宣教「教材」。譬如北朝鮮的《南江村的婦女們》、《看不見的戰線》、《摘蘋果的時候》、《一個護士的故事》、《賣花姑娘》、《永生的戰士》、《金姬和銀姬的命運》、《延豐湖》、《原形畢露》、《軋鋼工人》、《鮮花盛開的村莊》、《無形的戰線》等；北越的《同一條江》、《山村女教師》、《琛姑娘的松林》、《回故鄉之路》、《阿福》等〔註9〕。誰要是說沒十遍八遍地看過以上十部八部的電影，那簡直都不好意思說自己是從那個時代過來的。

　　所以，雖然大致上可以說，從1949年到1979年「改革開放」之前，中國大陸始終處於幾重意義上的「閉關鎖國」時期，但大陸社會和普通民眾並沒有免於外國電影的強烈輻射，（至於黨政高層，無論是好萊塢最新電影，還是對普通民眾而言聞所未聞的「禁片」，始終沒有中斷「供應」）。從這個意義上講，那個時期的中國大陸社會也可以說是一個「大片」橫行的時代。普通民眾從這些不無扭曲的鏡象中窺視外部世界，既「看到了」外國「激烈的革命英雄主義鬥爭」歷史和「火熱的社會主義建設與生活」場景，也從中發現了與自身「紅色經典電影」相類似或者是完全相同的表現模式，更察覺到與自身大約相似或大有區別的物質生活條件，進而形成互文效應。阿爾巴尼亞的《海岸風雷》就是其中的例證之一。

乙、《海岸風雷》和大陸電影的模式對應

　　1960年代中後期，是全世界局部熱點遍佈的年代。大陸這邊廂的「文化

〔註9〕我對以上這幾十部影片的絕大部分都逐一完成了個案讀解，但絕大部分都沒有公開發表，尚祈關注。

大革命」像乾柴堆上的一鍋開水，火、汽蒸騰，歐、美社會也「熱鬧」異常。
譬如巴黎街頭的「紅衛兵」同樣耀武揚威、喊殺喊打，弄得政府頭疼不已；
美國青年既反「越戰」也反種族歧視，同時還開展「性解放」運動。各家各
戶的鍋灶都在沸騰。雖說「資本主義陣營」和「社會主義陣營」整體上處於
「冷戰」態勢，但雙方的核威懾和核對抗，一直作為殺手鐧處於勃起狀態，
大家都拿捏得手心冒汗。譬如蘇聯據說就有想用原子彈對付大陸的想法，又
據說美國人警告蘇聯，爾若動用核武，洒家便丟你一粒。而第三方當事人的
觀點倒挺「樂觀」，說是俺們有七億人，死了一半還有三億多呢，大不了再上
山去打「游擊」，有何懼哉？〔註10〕

壞男人一定要為了壞女人和別人打
架，而且要在公共場所公開打，這倒
是古代遺風的現代派。

咖啡館或酒吧，一定是壞人們聚集的
場所在。如果好人們涉足，那一定是
去刺探或交換情報。

子、暴力革命模式

也可以稱之為你死我活的對敵鬥爭模式，大陸電影觀眾稱之為「打仗片
兒」。最有代表性的是阿爾巴尼亞的《地下游擊隊》，片頭連字幕都不出，就
是一場持續 3 分鐘左右激烈的槍戰戲。游擊隊被圍困在一幢房子裏頑強抵抗，
使用的武器主要是手槍和手榴彈。進攻的敵人不僅全部是正規軍，還動用了
坦克。總攻開始前，敵軍官喊話說，年輕人投降吧，抵抗是沒有用的。一游

〔註10〕 參見：蒾牛操盤手：《中國原子彈爆炸全過程：除了毛澤東換誰也頂不住》
（2013-02-14 01:57:59），源自：歡迎來風過無痕的陋室看看（http://blog.sina.com.
cn/fly97268），同樣意思的話，參見：《毛澤東的講話讓赫魯曉夫目瞪口呆》
（2007-09-12），源自：360Doc 個人圖書館→牛人的尾巴→人物風情，網址：
http://www.360doc.com/content/07/0912/10/24811_737933.shtml。實際上，直到 1991
年第一次海灣戰爭爆發，大陸「有關方面」才貌似看清現代化戰爭的真面目：哪
裏還有「游擊戰」和「拼刺刀」之說；看見敵人肉身的機會幾乎沒有，看到對方
精確制導導彈的機會倒隨時都有。貨幣、網絡加普世價值基本上替代了槍炮。

擊隊員跳出來，邊扔手榴彈邊高聲回答說，共產黨人是不會投降的。待敵人的坦克撞進院子裏，游擊隊員舉著手榴彈跳上坦克，揭開頂蓋就往裏面扔。至此影片一個定格，出片頭字幕。小時候每次看到這一幕，無不熱血沸騰，因為同時很容易想起更為熟悉的英雄形象：堵槍眼的黃繼光、炸碉堡的董存瑞、燒死也不挪窩的邱少雲……。

《海岸風雷》也是這一類型的「打仗片兒」。地下游擊隊（現在更應該稱之為反法西斯的地下抵抗組織）進行了各種各樣的武裝鬥爭，譬如偷盜和搶劫敵人的物質、刺殺特務，以及小規模的戰場搏殺。這些場面可以說每一個都很有看點，都能讓大陸觀眾興奮異常。譬如半夜偷盜敵人印刷設備時的綁架，那些場景、鏡頭甚至細節，不知令多少青少年心馳神往甚至模擬仿傚。行刺時直接闖進房間，一邊用槍指著對方一邊朗聲宣佈：「我執行人民的決定，判處你死刑！」槍響人亡，甩手便走。那風姿，怎一個瀟灑了得？（經歷過這樣影像洗禮的老觀眾，對後來港片中的類似場景其實是不以為然的）。影片裏最重要的情節是「劫刑車」，「好人」們先把所有的壞人都打死，然後再帶著被解救的小夥伴，一起唱著歌上山去了——親，想起咱家的《小兵張嘎》（1963）來了沒有？

丑、思想教育模式

《海岸風雷》沒出片頭字幕之前，也有一場 2 分鐘的前戲，只不過不是槍戰，是老父親帶著兩兒子在海上打漁。打漁只是個鋪墊，重要的老頭要給孩子們講英雄人物的革命鬥爭故事。說是一位老人代替「好人」去被砍頭，結果「被砍下的那個鬢髮花白的人頭，像活著一樣在微笑」。兩個兒子無比

地下抵抗組織成員們秘密聚會，見面時一定要用這樣的開場白：「消滅法西斯」——「自由屬於人民！」

女地下抵抗組織成員施帕莉莎。和大陸電影不一樣的是，阿爾巴尼亞電影中的女英雄幾乎都美豔動人。

欽佩地說「真是了不起！」這個故事中的故事今天看上去很血腥，但卻是那個「革命年代」的人們都耳熟能詳的思想教育模式，引發的只有激動和欽佩，就像老頭的兩個兒子一樣。因為觀眾都明白，「革命」就意味著「犧牲」，紅旗是「烈士的鮮血染紅的」，連小孩子上學天天戴著的紅領巾，都是「紅旗的一角」。《海岸風雷》中的兩個兒子後來成為地下組織成員，與片頭這場戲有著直接的邏輯關係。

　　老頭用講革命故事的方式教育下一代的模式，在1949年後的大陸電影中屢見不鮮，只不過通常都是放在影片中間，多用來起承轉合。譬如要麼是啟發不好好「為革命學文化」的小朋友，要麼是用以教育個別「忘本」的青年人（《海港》，1972），或者有了「私心」、「看不清方向」的中老年人（《豔陽天》，1974）。結果往往是「革命故事」剛講完，小朋友就哭得不行不行的，不僅從此不遲到不早退不貪玩兒，還能幫助「組織」和「大人」發現「壞人壞事」；青年人和中老年人被教育後更是羞愧難當，立刻用行動表明了「革命態度」和「革命立場」，譬如揭發了「暗藏的階級敵人」等等。

注意施帕莉莎家的挑花窗簾，即使在1970年代的大陸城市，這也是一般人家難得的奢侈品。

強權政治從來都需要「線人」，或者說有強權就有負責告密的敗類，他們從來不顧他人死活。

寅、同中有異的叛徒模式

　　這個模式首先是以人物的階級性模式為前提。所謂人物的階級性模式，通俗地說就是，電影中出現的窮人一定是「好人」，有錢人一定是壞人。或者反過來說也一樣，好人都是窮人即無產階級，壞人不是有錢就是有權，即不是地主資產階級就是反動統治階級。「好人」不僅長得帥，（男的英俊、女的漂亮），更重要的是思想品德好、思想覺悟高，生活上艱苦樸素，政治上鬥爭

精神旺盛。至於身手敏捷、槍法精準那都是必須的。壞人如果是外國侵略者，那一定是既兇殘又愚蠢；如果是本國壞人，那就再加上一個賣國者的身份。中國人叫漢奸，《海岸風雷》中叫「阿奸」。這些壞人還有個一致的地方，那就是既長得醜還淫蕩好色。

　　《海岸風雷》中的好人即正面人物都不是有錢人，譬如主人公一家是打漁的。按照大陸以往的階級劃分標準和稱謂，執政黨信賴和依靠的對象，農民階級叫「貧下中農」，牧民叫「貧下中牧」，漁民就叫「貧下中漁」——至於工人階級，只有與資本家或資產階級相對立的整體稱謂，沒聽說過「貧下中工」這一說。女抵抗組織成員施帕莉莎的職業不清楚，但顯然屬於城市貧民，證據是她有個成天臥病在床的寡婦媽，窮得連針都打不起。

　　之所以說《海岸風雷》的叛徒模式有同中有異的一面，是因為老漁民的大兒子塞力姆居然是個阿奸。按說他出身貧寒、「根紅苗壯」，不應該是壞人，但他還就是。這個人物的「變性」是有依據的，那就是好吃懶做還貪戀女色。他的「名言」是，「我一看見這些鹹魚就膩透了……打漁這個倒黴行當，嗨，連根上弔繩都買不起」。所以他一出場就是在酒館裏，並最終在那裏被人收買成為告密者。

以我小時候在農村生活的經驗，站著駕車極為少見，除非是車上裝滿貨物，趕車人無處可坐。

相信很多當年的觀眾都會對這一幕印象深刻。古往今來，獨裁者都喜歡用牆頭招貼表達政治訴求。

卯、小規模的武裝抵抗模式

　　就 1949 年後大陸出品的抗日題材影片而言，表現和描寫正面戰場作戰的影片非常罕見，實際上沒有。直到 1980 年代中後期才出現了《血戰臺兒莊》(1986)，但表現的是國（民政府）軍正面戰場上的輝煌壯舉。就表現共產黨領導抗戰的影片而言，《地道戰》(1965)那麼著名，算是有打得很厲害的大場面

了，可對手也不過是「一百多鬼子、兩百多偽軍」〔註11〕。按正規軍的建制，也就是一個中隊外加兩個連、攏共一個營的兵力而已。《地雷戰》（1962）中雙方交火的正規軍也沒超過這個規模，因為八路軍這邊來的是一個連，按建制相當於日軍一個中隊。其餘的縣大隊、區小隊、各村的聯防民兵，還有比這些「等級」高一層的「武工隊」，都不是正規武裝力量而是其附屬和變體。

「消滅法西斯」——「自由屬於人民！」這是地下抵抗組
織成員們道別時的口號，也是生活和戰鬥相結合的標誌。

〔註11〕　《地道戰》中的這個數據至少說明，至少三分之二的敵軍源自本國。其次，大陸抗日題材電影的基本沒有正規軍的大規模作戰場面，主要是地下武裝鬥爭形式；或者說，即使發生戰鬥也是局部性的戰鬥。從這個角度上說，這體現了對歷史事實的尊重。眾所週知，中共軍隊與日軍正面戰場的對決只有兩次，一次是林彪指揮的平型關阻擊戰（1937 年 9 月 25 日），據稱，殲敵一千人左右（參見：鐵血社區 > 鐵血歷史論壇 > 一、二戰史 > 平型關大捷日軍的真實傷亡人數，文章提交者：三月春風；網址：http://bbs.tiexue.net/post_2671949_1.html。），八路軍自身的傷亡數字與之持平（參見：凱迪社區>貓論天下>貓眼看人〔轉貼〕平型關大捷真實傷亡：中日戰損比持平，文章提交者：萬里如虎；網址：http://club.kdnet.net/dispbbs.asp?boardid=1&id=8531548。）；另一次彭德懷指揮的「百團大戰」（1940 年 8 月至 12 月），說是「斃傷日軍 2 萬餘人、偽軍 5000 餘人，……八路軍也付出了傷亡 1.7 萬餘人的代價」（參見：百度知道 >百團大戰總傷亡是多少？網址：http://zhidao.baidu.com/question/38494855.html。）。正面戰場的抗日主力是中華民國政府軍，抗戰八年（1937～1945），國軍發動的超過百萬人的戰役 22 次，重要戰役 200 餘次，大小戰鬥近 20 萬次，總計殲滅日軍 150 餘萬人、偽軍 118 萬人；我方陣亡少將以上高級將領兩百多位，全軍總計損失 365 萬餘人（參見：百度百科 >百科名片>抗日戰爭，網址：http://baike.baidu.com/view/2587.htm。）。

因此，大陸的抗日題材電影其實反映了一個基本的歷史事實，那就是正面戰場的戰鬥非常之少，基本上是靠「游擊戰」、「麻雀戰」和局部小規模戰鬥來「打天下」。而這，自然就成為「紅色經典電影」的主要表現對象和表現模式。這也就不難理解，為什麼像《地下游擊隊》、《伏擊戰》、《海岸風雷》這樣的阿爾巴尼亞電影，以及其他社會主義國家譬如羅馬尼亞、南斯拉夫、北朝鮮和北越的「打仗片兒」能夠在大陸大行其道且反響熱烈了。因為觀眾理解和接受起來不僅毫無困難，還多少有一種「吾道不孤」的感覺：原來外國共產黨也是這樣取得勝利的啊。這也可以解釋，為什麼到了 1970 年代，大陸所有有關抗日題材的電影和「樣板戲」，幾乎都是先前「老電影」的翻版和「精編版」。譬如，彩色版的《平原游擊隊》（1974）和京劇《平原作戰》（1974），都改編自 1955 年的黑白版《平原游擊隊》；京劇《紅燈記》（1970），則改編自 1963 年版的黑白故事片《自有後來人》。

《海岸風雷》裏的法西斯私刑審訊，要比另一部阿爾巴尼亞電影《寧死不屈》「文明」得多。　大陸觀眾對這種嚴刑拷打並不陌生，因為自家「紅色經典」電影中的類似場景鏡頭比比皆是。

丙、《海岸風雷》和大陸社會現實的比照

當時公映的這些東歐社會主義國家的電影，除了主題思想和表現形式與中國大陸電影有諸多相對應或相類似的「模式」之外，還有其他許多讓觀眾感到既陌生又熟悉的地方，那就是這些影片中有關意識形態理念、物質生活水平和家庭成員關係的鏡頭與場景。這些在給觀眾留下深刻印象的同時，又使得人們有意無意地在私下與自身生活狀況進行比照、對比。現在看來，這種比照、對比既有「啟蒙」、教育作用，也有「刺激」、分化效應。所以當年的那些外國電影對普通民眾的影響，其層次、範圍和深度，絕不亞於今天壟斷大陸電影市場的美國大片。

子、影片裏的「大義滅親」與現實中的綱常倫理

這個詞在中國傳統文化中早就存在。「大義滅親」語出《左傳‧隱公四年》，本意是「爲了維護正義，對犯罪的親屬不徇私情，使其受到應得的懲罰」〔註12〕。自漢武帝「罷黜百家，獨尊儒術」後，儒家思想成爲歷代統治者最爲倚重的統治思想來源。但儒家的倫理規範中有「親親相隱」一說，意思是說「親屬之間有罪應當互相隱瞞，不告發和不作證的不論罪，反之要論罪」，這一原則後來被歷代刑律認可採納，但親屬「謀反」和「互相侵害罪」不在赦免之列〔註13〕。顯然，「大義滅親」的道義原則與世俗意義上的倫理親情並無衝突之處。《海岸風雷》中，塞力姆因爲出賣親朋和抵抗組織成員，被父兄安放的炸藥炸死，這正是影片主題思想的主要內容之一。

對女地下抵抗組織成員的審訊其實就是施加肉體暴力，這一點《海岸風雷》不及《寧死不屈》殘酷。

但《海岸風雷》中的這個「閒筆」鏡頭，卻是大陸電影從來都迴避的，基本要靠觀眾想像。

1949年後，「大義滅親」被提到一個意識形態的高度，一切世俗的倫理親情都要符合意識形態鬥爭的需求，結果從根本上直接動搖和毀壞了中國人幾千年來傳統的倫理道德觀念，形成的是事實上的反人倫奇觀，「文革」時期更是成爲社會公害。譬如按照當時「階級鬥爭要天天講、月月講、年年講」，「與天鬥、與地鬥、與階級敵人鬥，其樂無窮」的「最高指示」，不僅社會上到處是「挑動群眾鬥群眾」的景象，家庭內部也未能幸免，夫妻、父子、兄弟、姐妹、親朋之間，相互「檢舉」、「揭發」、告密，如此等等，比比皆是。譬如

〔註12〕 參見：百度百科 >百科名片>大義滅親，網址： http://baike.baidu.com/view/81404.htm。

〔註13〕 參見：百度百科 >百科名片>親親相隱，網址：http://baike.baidu.com/view/73624.htm。

有兒子踢斷了老子的肋骨，以表明「革命立場」的，有因為孩子的告發，導致母親被槍斃慘劇發生的〔註14〕。此時，「大義滅親」中的「大義」，已經與正義和道義無關，而是被「偉大」和「主義」遮蔽、替代、剔除；「滅親」倒全部坐實，「滅」掉的不是精神就是肉體，因為「天大地大，不如黨的恩情大，爹親娘親，不如毛主席親」。

丑、影片內外的飲食條件比照

直到 1980 年代初期，大陸都始終處於一個窮得叮噹響的狀態，或者稱之為「計劃經濟」時代。譬如買任何的東西都要憑票，不光是鈔票，還要糧票、油票、布票、鞋票、自行車票、縫紉機票、手錶票，結婚憑結婚證可以有傢具票……，林林總總，數不勝數。票證的泛濫反映了一個基本事實，那就是物質匱乏，尤其是糧食匱乏。不是吃不好而是吃不飽。為什麼匱乏？又為何沒有足夠的口糧？「文革」前官方解釋說是因為「三年自然災害」（1959～1961），「文革」期間又加上一條「蘇修逼債」。

現在人們都知道不是事實，但當時哪裏知道？〔註15〕所以，外國電影中

〔註14〕參見：天涯論壇＞關天茶舍〔我要發帖〕「大義滅親」式告密不僅僅是文革之痛（轉載），提交者（樓主）：klssykc，提交時間：2013-08-08 08:47:00，網址：http://bbs.tianya.cn/post-no01-467145-1.shtml。另請參見：范承鋼、蘇桐、廖梅、周楠、潘夢琪：《「我們仍是少數」——「文革」懺悔者的努力與困頓》，《南方周末》2013 年 7 月 18 日 A7 版。

〔註15〕有一段時間，大陸有些城市連女性生理周期需要的衛生巾（當時叫月經帶）都要憑票購買（參見：凱迪社區＞貓論天下＞貓眼看人〔原創〕曬曬毛時代的各種供應票證，網址：http://club.kdnet.net/dispbbs.asp?id=9186110&boardid=1&page=2&uid=&usernames=&userids=&action=。）。

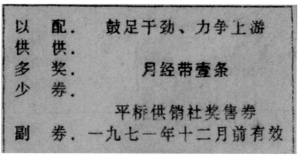

那時候，女人更不容易，因為購買婦女用品時也需要票證（圖片來源：凱迪社區＞貓論天下＞貓眼看人〔原創〕曬曬毛時代的各種供應票證，網址：http://club.kdnet.net/dispbbs.asp?id=9186110&boardid=1&page=2&uid=&usernames=&userids=&action=）。

物質匱乏尤其是糧食匱乏，是 1958 年「人民公社」和「大躍進」運動的後果。今天人們熟知並爲之自豪或詬病的「特供食品」其實那個年代就有，是當「政治任務」來對待的。當時的民謠可以爲證：高級老漢高級糖，高級老漢上茅房，茅房沒有高級燈，高級老漢掉茅坑。具體情況是這樣的：

「1956 年這項『政治任務』由公安部移交北京市負責，隸屬北京市第三商業局，後劃歸二商局，機構正式名稱『北京市食品供應站』。坐落在東安門大街 34 號，爲保密不叫全名只稱『34 號』。特供標準依每人的權位高低，官職大小，有所差異，分爲一級首長，二級首長，三級首長……等等。如簡稱四副雙高的首長，中央明確規定除按照北京市居民定量供應外，每戶每天再供應鮮肉 1 斤，每月供給雞蛋 6 斤，白糖 2 斤，甲級香煙 2 條，食油，果蔬等適量。正副部長級的，除按北京市居民待遇之外，每人每月再供鮮肉 4 斤，雞蛋 3 斤，白糖 2 斤，甲級香煙 2 條，鮮菜，果蔬等。正副司局長級的，每位每月再供鮮肉 2 斤，雞蛋 2 斤，白糖 1 斤，甲，乙級香煙各一條。行政七級以上的，每人每月再供給鮮肉 4 斤，雞蛋 3 斤，白糖 2 斤，甲級香煙 2 條。按級規定特供明確嚴格。還有『軍特供』、『國宴特供』、『兩會特供』、『外國專家特供』、『運動員特供』等名目繁多的特供，規格明確，標準各異」（參見：天涯論壇 > 煮酒論史〔我要發帖〕，老農民談「三年自然災害」的回帖第 262 頁，帖子題目：大躍進時期大面積餓死人時「幹部特供制度」，作者：老黃不怕邪，帖子提交時間：2011-08-12 15:02:31，發佈網址：http://bbs.tianya.cn/post-no05-182709-262.shtml。）。

即使買酒喝也要看清「最高指示」，這是 1970 年代購買酒類的票證（圖片來源：凱迪社區 > 貓論天下 > 中間地帶〔灌水〕 你見過這些票證嗎？，網址：http://club.kdnet.net/dispbbs.asp?id=8777511&boardid=24&page=1&uid=&usernames=&userids=&action=）。

我曾聽一位 1950 年代就以首唱歌劇聞名的老歌唱家當面講過，「三年自然災害」期間，民眾吃不飽飯，所以（北京）每個醫院肯定有兩個科，一個叫浮腫科，「病人」都是餓出來的；一個叫閉經科，因爲許多年輕女性餓得來不了例假。我記得以前看過一個材料，說那年畢業的北京的大學生基本上都不來病假；這個例證網上也有人提到（參見：老李滿倉發表於人民網 > 強國社區 > 強國論壇上的帖子，發表時間：2011-05-30 14:56:52，網址：http://bbs1.people.com.cn/postDetail.do?id=109789423。）。老人家對此解釋說，因爲那點血僅供

有關吃食的場景特別引人注目。譬如《海岸風雷》中老漁民一家算是窮人，可吃飯的時候就有魚吃，雖然這魚被大兒子稱之為臭鹹魚。可就這臭鹹魚也是當時大陸民眾難得一見的佳肴，就算是首都北京，也就是春節時，每戶憑票才能購得三兩斤〔註16〕。

活命用，人餓了就成那樣；過去人們的病，都是餓出來的。

大饑荒年代人吃人的材料網上也有披露，自己找找看吧。物質匱乏尤其是食物短缺，進而改變人的生理甚至人倫，在中國歷史不乏其例。譬如，《水滸傳》裏講武松在菜園子張青的後廚，就看見梁上「掛著五七條人腿」。問題是 1960～1970 年代的人們沒有吃的，多少與阿爾巴尼亞有關，那就是大陸無償地、大規模地援助，譬如從外國進口救急的糧食，一個電報就整船地轉運到阿國，還不收錢（參見上揚斯克加帖在貓眼看人【凱迪網絡】（http://www.kdnet.net）上的文章：《建國以來我國對外援助情況》，發表於凱迪社區 → 貓論天下 → 貓眼看人，網址：http://club2.cat898.com/newbbs/dispbbs.asp?boardid=1&id=2686826）。

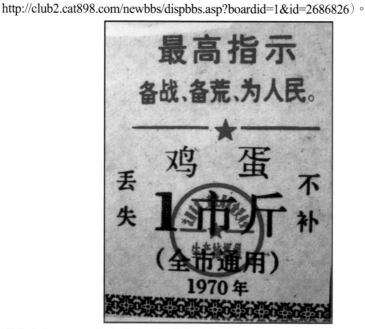

「最高指示」全大陸通用，物資緊張也是如此。這是 1970 年大陸某城市購買雞蛋的票證（圖片來源：凱迪社區＞貓論天下＞中間地帶〔灌水〕你見過這些票證嗎？，網址：http://club.kdnet.net/dispbbs.asp?id=8777511&boardid=24&page=2&uid=&usernames=&userids=&action=）。

〔註16〕當時的中國南方廣大的「魚米之鄉」是不是能像電影中的老漁民一家那樣，能夠「靠海吃海」吃到臭鹹魚，不得而知。反正在我早年的記憶和閱歷中，北方人吃的魚貌似只有一種，那就是冰凍狀態的鹹帶魚，那還是冬天才有得賣，好一點的機關單位可以「分」。按說北方再窮也有夏季，也有大河小溝，也有魚，但記憶中就是沒有吃鮮魚和淡水魚的印象。1990 年我 27 歲，到上海去讀研究生。有一天去打飯，恰好食堂有魚，我好不容易下了決心買了條魚，

塞力姆阻止迪尼去開會。作爲叛徒他沒
有忠於職守，但作爲親兄弟，他的阻止
又符合倫理道德。

以暴力反抗來阻止當局搜捕受傷的共產
黨員，這與 1949 年後的大陸電影模式多
有重合之處。

　　說起來，塞力姆肯當奸細也與吃的有關。天天泡在咖啡館，眼見得別人
大魚大肉還有啤酒花姑娘，又不肯吃家裏的爛飯，想不墮落都難。更有意思
的是，當時的人們把吃得好壞與人的品質優劣，尤其是政治立場的是與非聯
繫起來對待。譬如大陸自產自銷的「紅色經典電影」，凡是壞人譬如地主惡霸
資產階級反動派，經常是大吃大喝外帶壞女人陪酒；除了喝水，你幾乎見不
到「好人」們吃飯的鏡頭和場景。爲何沒有？都忙著打仗或是建設社會主義，
即使打仗期間進飯館也是爲了獲取情報〔註 17〕。一旦「好人」中有對吃的感
興趣，那不是要變「壞」，就是原來就是壞人。譬如《地道戰》裏，民兵隊長
高傳寶之所以察覺出所謂「武工隊」不是「自己人」，就是因爲那些人只吃雞
蛋不吃窩頭。

寅、服裝審美與價值觀念的呼應

　　《海岸風雷》裏有兩種衣服，與大陸觀眾的日常生活和審美判斷密切相關。
一個是塞力姆穿的海魂衫，就是印著藍白相間橫條紋的長袖衫。這個上衣也叫
水手服，短袖的又叫水手背心，當時大陸青少年尤其是小男孩穿的最多。在 1970
年代，海魂衫是區別農村孩子和城市孩子的一個重要標誌——農村孩子夏天基

（貴啊，我一個月的助學金只有 108 元整）。一南方同學也買了，只吃了一口
就不吃了，說這魚不好吃，是死的。當時我就驚著了：魚還能被吃出死活？
後來才知道，江浙同學都有這本事，無他，「吃出來的」。由此可見南北方食
物品質之不同，以及物產豐饒與否有天壤之別。

〔註17〕 譬如 1950 年代的《平原游擊隊》（1955）、1960 年代的《三進山城》（1963）、
1970 年代的《偵察兵》（1974）等等，概莫能外。

本上就是光膀子,不是不願意穿,而是沒錢買或買不起。顧長衛導演的《孔雀》(2005)中,女主人公的弟弟參軍之前,穿的就是這種衣服〔註18〕。

「對於那些破壞我們組織的特務,必須給予應有的懲罰。這是黨的決定!」暗殺組隨即抵達。

白衣少年左輪槍,真理正義皆在握,語調鏗鏘沒商量:「我執行人民的決定,判處你死刑!」

另一種是花西服,也是塞力姆穿的,就是有方格子圖案的西服。歐洲人穿西服很正常,但有意思的是,《海岸風雷》裏的「好人」基本不會穿這種花

〔註18〕 其實那個年代,青年人之所以嚮往當兵,表面上看是出於更好地「保衛毛主席」的「偉大理想」,實際上大多是爲了解決個人的出路問題。首先是對個人身份和社會地位的一種「政治確定」。要知道,1949年以後的大陸中國,無論怎樣「擡舉」工、農階級,排在「工、農、兵」最後的軍人,地位才是最高的,因爲它才是政權和權力本身的直接體現,這一點,無論是「幹部子弟」還是「農村兵」都清楚其中利害。對於後者而言,最直接、最要緊的好處是首先能解決了吃、穿問題,然後還有能「提幹」、進城、成爲「公家人」的可能和「前途」。說到底,絕大部分人參軍,還是爲了個人命運著想——對影片《孔雀》的具體討論,請參見拙作《新世紀中國電影讀片報告》(288p,中國傳媒大學出版社2014年1月版)。

裏胡哨風格的西服，只穿單色調的，顯得質樸、莊重，這與大陸社會的服飾風格頗有呼應之處。直到 1980 年代初期，億萬大陸民眾的衣服和帽子基本上是藍色系，被外國人「惡毒」地稱為「藍螞蟻」。更有意思的是，1949 年後的大陸電影裏一旦出現穿花西服或花襯衫的，不是來自海外的「敵特」，就是本地的地痞流氓街頭混混，總之都不是好人。穿花西服的「標配」是留小鬍子，外加抽煙、喝酒、吹口哨。結果弄得許多人對花西服產生牴觸情緒，譬如我至今也不喜歡任何帶格子的襯衫。

《海岸風雷》還有一個有意思的細節，迪尼和彼特里晚上睡覺，哥倆合蓋一床被子，而老大塞力姆則一個人獨佔一張床和一條被子。從影片編導的角度，它要說的是，因為政治立場和價值觀念不一樣，所以即使是一家人，好人和壞人在穿衣、睡覺、蓋被子上都不會一樣。但從當時觀眾的角度，看到的又是感同身受的熟悉景象。那就是許多家庭裏的兄弟姐妹，往往都是合被而臥，尤其是農村。不是不懂養生健體，而是因為窮〔註 19〕。

卯、與大陸社會相類似的家庭成員關係

首先是父子關係。當爹的權威性極強，甭管孩子屬於「好人」還是壞人，態度都極其粗暴。除了講革命故事時顯得語重心長、和老朋友喝酒時大說大笑外，老頭子說話的時候基本上就是吼。這當然與他的漁民身份有關，但更與孩子都是大小夥子有關。當時的觀眾對此並沒有感到不適應。1950 年代以後出生的孩子，尤其是男生們，似乎共同的成長記憶就是老爸的脾氣都不怎麼好。父子間要麼相互無語，要麼就是連打帶罵的單向度教訓，好好說話的溫馨場面很少。

其次是夫妻關係。譬如影片中老頭子一張嘴就是「老婆子，給我拿點兒吃的來」之類的指示，同樣都是不容置疑、立即執行的命令式口氣，大陸的

〔註 19〕 中國古人養生，一向主張夫妻分床睡眠。據說唐代孫思邈在《千金翼方·養生禁忌》說：「上士別床，中士異被。服藥百裹，不如獨臥」。意思是說，「有上等修養的人與妻子分床而睡，有中等修養的人與妻子各蓋一個被子。服藥多少，也不如一個人獨臥而睡，更有益於身體的健康。對於有條件的家庭來講，能夠各居一室更好⋯⋯」（參見：寶井分院的博客→日志→養生詩給人的啟示→上士別床，中士異被，服藥百裹不如獨臥，網址：http://baojingfenyuan. blog. 163.com/blog/static/192633076201272311710379/）。對當時吃飯都成問題的大陸民眾，這些都是聞所未聞的知識或者是知道辦不到的事情，所以絕大多數人只能淪為「普通一兵」——因為關於夫妻養生，還有一種說法，是「上士別房，中士別被，下士別床」，所以這倒也符合當時的「全民皆兵」的政治導向。

觀眾同樣也沒覺得這有什麼不對的。1949 年後,大陸電影中的人間氣息逐漸被火藥味替代,生活中的夫妻關係也逐步被「革命同志」和「工作夥伴」所替代。所以到了「文革」時期,樣板戲中的女主人公基本都是高齡女光棍(《龍江頌》,1972;《海港》,1973),結了婚的也得是事實單身(《沙家浜》,1971)。

暴政的特徵之一就是監獄人滿爲患,因爲鎮壓無所不在,手段極其殘忍,方法無所不用其極。　線人終於轉正,戴上官帽、制服裹身,但同時,連他自己也明白這是一條不歸路,只有往下走。

前後鏡頭已經構成父子間的畫面對話。這與常識和倫理無關而與影片的意識形態取捨有關。

　　即使是「革命同志」和兄弟姐妹之間的關係,也都處理得聲色俱厲。譬如斯帕莉莎和彼特里,怎麼看都有一種朦朧的情感色彩,都是十八、九歲的帥哥靚女,還都是抵抗組織成員。但一談起工作,斯帕莉莎的口吻也是批評式的,缺乏溫情。在那個年代,連親情都有階級之分,哪還講神馬愛情。記得當時有個下流的詞彙叫「卿卿我我」,只適用於資產階級情調,無產階級絕對要不得。《海岸風雷》中人際關係中的暴戾之氣,除了影片主題思想,最主要的原因,就是配音的時代背景——1949 年後大陸譯製的外國電影,聲音也

有「革命」和「反革命」的屬性區別；而這，是導致《海岸風雷》人物形象無不「硬化」的直接原因。

丁、結語

　　阿爾巴尼亞電影雖然跟大陸影片一樣，滿篇滿眼充斥著意識形態灌輸和暴力革命宣傳，但有一點不能否認，這些影片成為大陸民眾看世界、看歐洲、看外國，同時也是比照自己的一個窗口。最雄性的阿爾巴尼亞影片是《地下游擊隊》，最陰柔感人並對幾代青少年的情愛心理產生重大影響的是《寧死不屈》。《海岸風雷》譯製公映時，正是「文革」第二年的 1967 年。想想 1949 年以後大陸的那些著名影片，譬如 1950 年代的《平原游擊隊》、《鐵道游擊隊》（1956），1960 年代的《地雷戰》、《地道戰》，直至 1970 年代「文革」後期的《閃閃的紅星》（1974）等等。但凡看過或瞭解一點兒的人都得承認，「社會主義國家」不分歐、亞，電影都有「通用」的模式。「聯想」之餘，你甚至很難說是誰模倣了誰，誰又借鑒了誰。

　　所以，雖然大致上可以說，從 1949 年到 1979 年「改革開放」之前，中國大陸始終處於幾重意義上的「閉關鎖國」時期，但大陸社會和普通民眾並沒有免於外國電影的強烈輻射，（至於黨政高層，無論是好萊塢最新電影〔註20〕，還是對普通民眾而言聞所未聞的「禁片」，始終沒有中斷「供應」）〔註21〕。從這個意義上講，那個時期的中國大陸社會也可以說是一個「大

營救出自己的同志多麼激動。當下大陸類似題材的影片，決不允許這種關係只有一種色彩。　老父親高興的不僅是兒子安全地重獲自由，更重要的是又為革命隊伍培養出一個新的英雄。

〔註20〕　李文化：《在江青帶領下觀摩美國電影》，《南方周末》2009 年 6 月 4 日第 1320
　　　　　期副刊 D23 版。
〔註21〕　李明三《江青不是孤立的一個人》，根據《鳳凰周刊》2011 年 6 期摘編，轉引
　　　　　自網絡，網址：http://blog.sina.com.cn/s/blog_60f5437b0102ebaj.html。

片」橫行的時代。普通民眾從這些不無扭曲的鏡象中窺視外部世界,既「看到了」外國「激烈的革命英雄主義鬥爭」歷史和「火熱的社會主義建設與生活」場景,也從中發現了與自身「紅色經典電影」相類似或者是完全相同的表現模式,更察覺到與自身大約相似或大有區別的物質生活條件。阿爾巴尼亞的《海岸風雷》就是其中的例證之一。

這種光影處理效果,顯然來自歐洲電影的歷史傳統,這又是當時大陸電影極少見到的場景。

相信當年的許多觀眾第一次見到實際上還有這種兩角帽:它是二戰期間阿爾巴尼亞警帽嗎?

　　《海岸風雷》是根據話劇《漁人之家》改編而來的,顯然,老漁民一家的生活和戰鬥經歷是一條貫穿始終的線索,服務於反法西斯戰爭的主題。這一點與1949年後所有的大陸電影並無二致。但說到底,這畢竟是外國電影,因此你會看出《海岸風雷》多少與大陸同類題材的電影有所差別,也就是同中有異。譬如,漁民出身的階級性,必然注定了其家庭成員的無產階級的「階級覺悟」和「革命屬性」,所以老頭的四個兒子有三個是地下黨員、抵抗組織成員和同路人。

　　至於老頭兒本身更沒有問題,因為影片一開始就是他給兩個兒子講「英雄人物故事」的橋段。只有老大塞力姆最終成為「叛徒」,並被自己的兄弟殺掉。這基本上符合「文革」期間影響甚廣的「血統論」的「論斷」,即「老子英雄兒好漢,老子反動兒混蛋」。老大之所以沒當成「好漢」,成了「混蛋」,根本原因在於他好吃懶做、貪戀酒色。用「文革」期間的流行語來說,首先是沒能「抵禦住資產階級的拉攏腐蝕」,其次是「放鬆了對世界觀、價值觀和人生觀的改造」。因此,他被父兄聯手「大義滅親」也就理所當然。

　　與其他外國電影一樣,阿爾巴尼亞電影不僅看的人很多,而且絕大多數看的還絕對不止是一次。那個年代,青少年占民眾人口的比例相當大。譬如

1953 年，15～29 歲的青少年占大陸總人口總數（58796 萬）的 24.14%，1964
年為總人口總數（70499 萬）的 23.51%〔註 22〕。與此同時普通民眾的文化生
活中既沒有電視，也沒有其他題材和類型的外國電影，到電影院一次又一次
地看電影就成為精神生活中的「重中之重」──這還是城市裏的境況──況
且，燈一黑還可以幹點別的事，譬如談戀愛和抽煙──當時中小城市的電影
院還允許人們抽煙，一直到 1970 年代末期才開始禁煙。

與其說老大死於父親協助兄弟裝上去的炸藥，不如說死於大義滅親背後雙方的
「三觀」差距。

　　包括《海岸風雷》在內的這些東歐社會主義國家的電影，從外在的角
度和大的國際環境上說，都是「冷戰」時期必然的時代產物，是共產主義
國家對人民大眾意識形態教育的重要組成部分。從內在的和大陸自身的文
化視角上看，雖然這些電影反映的是二次大戰期間阿爾巴尼亞人民抵抗鬥
爭的歷史和生活，但卻和大陸 1949 年後、尤其是 1970 年代「文革」期間
的電影主題思想和藝術模式相對應。更重要的是，這些影片也與當時大陸
社會的生活狀態，包括精神生活和物質生活相對應。對於當年的觀眾來說，
無論願意與否、曾經記憶多少，那時的黑白影像都是銘刻至今〔註 23〕、很
難忘懷的〔註 24〕。

〔註 22〕1953 年和 1964 年大陸的總人口數數據，來自國家統計局人口統計司編：《中
　　　　國人口統計年鑒 1988》（中國展望出版社，第 198 頁），15～29 歲的青少年占
　　　　大陸總人口總數的比重數據，來自邵渢陽：《中國青年人口：基本狀況和特點》
　　　　（《青年研究》1995 年第 1 期，第 21 頁）。

〔註 23〕鄭恩波：《鐫刻在我心中的阿爾巴尼亞電影》，《藝術評論》，2009 年第 9 期，
　　　　第 54～62 頁。

〔註 24〕申志遠：《外國電影回眸：再回首從前》，原載《哈爾濱日報》，轉引自《電影
　　　　評介》，2000 年第 1 期，第 40～41 頁。

戊、多餘的話

子、洗衣服和搪瓷盆兒

彼特里到施帕莉莎家去給她媽媽打針，斯帕莉莎正在院子裏洗衣服；馬里克到迪尼家送傳單，迪尼的媽媽也在洗衣服。可她們用的那個洗衣盆是長方形的，和中國的不一樣，至少大陸北方很少見。但用手搓洗衣服，卻是那個年代全社會通行的主要家務勞動形式之一。直到1980年代初期洗衣機開始在大陸出現之前，「好男人」即「好丈夫」的標誌之一，就是用搓衣板洗衣服，尤其是逢年過節，一堆被褥，大拆大洗，看上去氣勢非凡，沒把子力氣還真對付不了。

說起來讓人心酸，那年月似乎沒有什麼生活問題不是用手來解決的，譬如連洗尿布也是如此，根本想得不到會有「一次性尿布」。當然搓衣板還有其他用處——通常是老婆懲罰男人的「刑具」，俗稱「跪搓板兒」。現在這項「手藝」可以「申遺」了，因爲它的洗、用功能已經全面失傳。事實上，估計許多年輕人壓根兒就沒見過搓板，更不知道還可以一物兩用。問題是當時的觀眾看到斯帕莉莎和迪尼媽媽洗衣服的場景無不感到親切，以爲全世界人民都

是這麼洗衣服的。殊不知，那時的洗衣機已經在西方國家普及了幾十年，而《海岸風雷》的時代背景是三十年前的 1940 年代。

迪尼家的房頂漏雨，用來接雨水的是一個磁面破損的搪瓷盆，這兩樣兒事物也讓大陸民眾感到親切。因爲那時絕大多數人都住磚砌牆、瓦鋪頂的平房，首都北京也不例外──廣大農村大都還住土坯房呢。所以房子漏雨是常見現象，漏了就先用盆盆罐罐接著，若是盆兒，一定是搪瓷的──那年月，普通人家用來鋪桌子的塑料布都屬於奢侈品，塑料製品直到 1980 年代中後期才出現並普及開來，最開始是用糧票換的，（那時候糧食開始有富裕的了，但錢還是不富裕。所以糧票就成了輔助性的流通貨幣，其他類似貨幣還有雞蛋和大米。現在覺得怪哈）──喝水的茶缸也是搪瓷的，磁的和玻璃的，算是家裏的貴重日用品。

把床當沙發用，和衣而臥，這與「文革」前後大陸城市中普通民眾的生活習尚極爲相似。

房屋經常漏雨，然後用搪瓷盆接著，連盆子的破損程度都一樣，這都讓當時的觀眾感到親切。

問題是，在我的記憶中，凡是搪瓷的容器就都幾乎沒見過完整的，基本上都處於非完美狀態。不管哪家哪戶，凡是稱爲盆兒啊缸子的，像臉盆兒、飯盆兒、大茶缸子尤其是尿盆兒，沒有不破的，就是都多少都有掉磁現象，都有問題。也不是沒見過新的、不掉磁的搪瓷盆兒。有兩種情況相信許多人記憶猶新，一個是新婚夫婦家裏剛買的，鍋碗瓢盆無不簇新；再一個就是人民大會堂裏的痰盂──後一個是從電視上看來的，這已經是 1980 年代的事兒啦。

說起 1980 年代，那時候上大學必備的行頭除了被褥（又稱鋪蓋捲兒。現在想起來，感覺那才是眞正「上大學」），就是每個新生都會拎一尼龍網兜，網兜裏的「標配」物件兒，除了洗漱用具、毛巾肥皂，（絕對沒有洗頭水美髮

露之類的玩意兒),就是尺寸基本相同、但顏色不一的搪瓷臉盆。男生往往只帶一個,女生卻一般都會帶倆。當時真不明白那是為什麼。問過,說是洗腳用的。(我等聽了無不失笑:笨啊,洗完臉再洗腳不就齊了?——如果還洗腳的話)。但無論是一個還是兩個,都是新的盆居多。有意思的是,農村同學帶的臉盆很少是用舊的,基本上是新買的,而且大紅大紫,比城市學生的都花哨。

丑、城市景觀、VIP 包間和市政建設

我第一次見到的城市景觀,是四、五歲時從隔壁阿姨家裏看到的一張舊煙盒,煙盒上的畫面是一座高樓,是廣州的還是上海的忘記了,但從此就認為那才是真正的都市景象。據說阿姨年輕時做過民國年間的舞女,也不知道真假。天安門也是從煙盒上看到的,是「大中華」,但從沒有因此覺得北京是大城市,只覺得那是一個城樓。之所以引申到這些,是因為阿爾巴尼亞的電影一般都會把故事背景放在首都地拉那。

線人的一項基本工作就是跟蹤、偷窺,搞清地址。這一點似乎只適用於城市裏,農村不靈。

單從影片中的建築物形貌上看,二戰期間的地拉那,與三十年後的中國北京倒多有相同之處。

現在你從這些老舊黑白片中去看地拉那,自然有點兒「不堪入目」,破破爛爛的一小城鎮的感覺。但當時許多觀眾沒有這種感覺,至少小孩子們沒有看不起的意思。因為它的建築、規模和街景,與當時大陸的絕大多數城市非常接近,看上去自然感到親切。況且,人家還有你當時壓根兒就沒見過的東西,譬如咖啡館。《海岸風雷》和《地下游擊隊》當中都有。而那種環境和情調,對當時的大陸民眾可謂「驚心動魄」。

一直到 1980 年代初期,北京有了合資飯店,這些場景就成為新銳影片的最佳標配。譬如 1988 年,根據王朔的小說改編的《一半是海水,一半是火焰》和《大喘氣》。前一個出現了當時北京最高的大樓,就是後來賽特商場對面的

「巧克力大廈」（「國際大廈」），後一個滿眼都是繁華都市景象。我總覺得，當時的影視劇編導對都市的感覺和影像表現，多少來自「文革」時期外國電影的影響或啓蒙。

《海岸風雷》當中出現的咖啡館，說起來其實類似當時大陸的小飯館，只是沒有水兵和女性「陪酒師」。譬如顧客都是自己到櫃檯前點菜，當場掏錢付賬，又自個兒負責把菜端回來。塞力姆被收買時，特務頭子專爲他開了一個單間。單間裏到處堆著籮筐，其實是當儲藏間用的，木頭桌子木頭凳子。這種「包間」就是後來大陸出現的「雅座」，對當時的觀眾來說已經很開眼界了。現在這類房間叫 VIP，其實也沒什麼稀罕，不過是配了獨立衛生間——認眞想起來，這種配置其實一點兒也不「衛生」。

將槍戰放置於教堂和墓地，是在歐洲宗教文化的基礎上，完成意識形態話語的顛覆性表達。

最大的壞人一般都是貼在牆上供人瞻仰的偶像。同時，壞人們不僅穿制服，一般還戴眼鏡。

從本質上講，中國始終是一個農業國家，不可以全盤西化。就城市建設而言，民國時代雖然呈現出建築多元化的現象，但並沒有從根本上改變中國的文化特徵。看看民國時代的影像尤其是電影你就會承認這一點，無論是德式、日式，還是美式、英式，房屋建築尤其是城市街景，其背後的歐洲文化血脈始終服從於本土的自然和人文環境，進而形成主、次之分。1949 年後，俄蘇建築風格雖然一度借助意識形態的威猛之風橫掃華夏大地，但畢竟尚有主、客之別，中國傳統文化和建築元素還能憑藉「地大物博」和「人口眾多」的「強項」，保存相當大的自有生存空間。

然而，1990 年代以來的「經濟改革」，尤其是「城鎮化」的發展策略，從根本上徹底摧毀了中國城市特有的鄉土脈絡和文化元素。四處高樓林立，以

爲這就是現代化和工業化；到處水泥鋼鐵玻璃森林，覺得這才叫城市景觀。二十年不到，惡果已經顯現。看茫茫中華大地，地不分南北，人不分老幼，哪一個還能區別和看出自己的家園、原有的城市風貌和人文地理脈絡？城市裏爲什麼要用歐美式的大草坪取代本地旺盛生長的花草樹木？城市的地面、街道一定要用水泥覆蓋嗎？爲的是盛夏季節將環路變成泄洪渠道、暴雨中淹沒車輛、溺死行人？

記得 1980 年代中期我初到北京，基本上沒有看到很多高樓，大部分街道除了小胡同，基本上是林蔭道，公共汽車和無數自行車穿行其中。最熱鬧的大街也沒有那麼寬，可以輕鬆地從這邊走到那邊，街道兩邊商鋪林立，門面、攤位隔路相對。這不就是城市嗎？北京城不就應該這樣嗎？我在北方一個很小的省會城市長大成人，記得小時候上學，夏天最熱的時候穿著塑料涼鞋走路，路上那柏油都被曬得黏稠，一步一個腳印。城市不一定要用那麼多瀝青，至少校園裏不應該用。就用石子鋪路，要開汽車你就顛著吧，第一你不敢開快了，第二，讓土地裸露、自然呼吸吧。人是大自然中的一株草，和一棵樹一樣，和一隻動物一樣……。

影片中的這「豪華」街景怎麼看都與當時大陸大城市的市容基本吻合，雖然兩者相距幾十年。　1970 年代的童謠之一就是：「老大賽力姆，撿錢喝啤酒，意大利的大皮鞋，踩住他的手」。

寅、「傳單」和「小廣告」

地下抵抗組織對外宣傳的主要方式主要是通過「傳單」，這種方式在阿爾巴尼亞反侵略題材的電影中比較常見，譬如《地下游擊隊》和《寧死不屈》中是撒傳單，《海岸風雷》中是從人家門底下往裏塞傳單。正因爲傳單如此重要，《地下游擊隊》和《海岸風雷》都有偷盜敵人/官方印刷機器和紙張的重

要情節。這種信息傳播方式在1949年後中國大陸的電影中非常少見，在那些反映中共領導抗日，和與國軍對陣的紅色影片中，宣傳信息的傳播主要是靠在牆上刷（寫）標語和（呼）喊口號。

往沿街的門底下塞傳單。現在的年輕人大多不知道什麼是傳單，其實就是現今的貼小廣告。

結束暴政的手段包括以暴易暴，但更重要的是年青一代的參與，這是影片放映者的希望之一。

形成這種同中有異的信息傳播方式的重要原因只有一個，那就是中共主導的對敵鬥爭幾乎都發生和集中於鄉村。鄉村地域廣袤，受眾很難集中，所以標語和口號既能發揮、產生最大效應，成本也最為低廉且取用方便。譬如撒傳單的情節，只能出現在上海這樣的大城市的街頭（《戰上海》，1959）；標語和喊口號則與鄉村環境對應，前者如《南征北戰》（1952），後者如《三進山城》（1965）。與此類似的成本更低廉、導向效應更強的信息模式是人際傳播。譬如《閃閃的紅星》（1974），新黨員接受老黨員的指示，向村民散佈有關中共確立毛為新領袖並不斷取得戰鬥勝利的消息時，方式就是口頭傳播。

直到1970年代，「二戰」時期阿爾巴尼亞電影中這些撒傳單的場景和行為，才在中國大陸密集和頻繁地出現，並和呼喊口號一起，成為一切「政治運動」的主要鼓動形式或次要內容之一。譬如「文革」期間，任何一個「派別」的出現和存在，任何一次「最高指示」的「發表」與「慶祝」和「歡呼」，都不能缺少傳單和口號的「在場」。所以在1970年代大陸拍攝的眾多被稱為《新聞簡報》的「紀錄片」中，觀眾很容易發現這些信息傳播形式的影像。而這種信息傳播方式，又與當時大量放映的阿爾巴尼亞電影形成現實上的呼應，更加起到了「鼓舞人民、教育人民，打擊敵人」、丑化對手的「政治」目的。

說起傳單，這都是老年人的話語詞彙和時代記憶，如今的青年一代早就不知其為何物。但我要說它就是時下鋪天蓋地的小廣告，學生們往往恍然大

悟並嘖嘖連聲。小廣告的蔓延沒有城鄉之別和地域之分,而且內容五花八門、無所不包,讓人眼花繚亂;形式日新月異、爭奇鬥豔,令人防不勝防。譬如微博上有一個段子,說提供性服務的小廣告塞到了高級公寓的門裏,有女主人在門後面拒絕說,不要給我我是女的;這時門外響起一個低沉的聲音:我們也可以為女性提供服務。從社會現象上看,小廣告是傳單的後現代體現,是從意識形態領域向經濟領域的轉移;從文化傳統上講,它是中國古人給死人出殯時「撒紙錢」翻版和承襲。無論哪種成因和哪種表現,其實都是社會動盪的一個症候,至少是不吉祥的迹象。

這也是大陸觀眾熟悉的情節安排和造型設計:危急時刻,群眾用冒名頂替的方式來掩護黨員。

頂替者大義凜然:「船長,共產黨人是不會投降的。不過我要是再不出來,他們就會抓你們」。

卯、「筷子手」還是「劊子手」?

　　老頭子給兩個兒子講革命故事,說到壞人時用了一個詞,劊子手。但這個字的發音不是(GUI,音「貴」),而是念成了筷子的 KUAI。有意思的是,《寧死不屈》裏的配音也是念成筷子的「筷」。這個讀音與《列寧在十月》中,配音版把彼得堡的「堡」念成「鋪」一樣,讓我困惑多年。記得 1970 年代初我上小學,課下曾問過老師這個問題。不記得老師回答過,想來那個年代大家都認為電影是不會錯的——社會主義還能錯?結果弄得大陸億萬觀眾跟著糊塗了幾十年。但後來我確信,這是配音念了個白字。

　　現在我更明白了其中的奧秘:譯製這個片子時,「轟轟烈烈的文化大革命」正逢「如火如荼」的「鼎盛」時期,上海電影譯製片廠已經改名叫「上海工農兵電影譯製廠」。得,「工農兵」念了個白字,自然沒有「臭老九」敢「跳出來」糾正。《寧死不屈》也接著錯,那是因為時間已經到了 1969 年,譯製單位又變成了「上海電影系統」了。「資產階級知識分子」徹底「靠邊兒站」了,想不出錯都難。

　　也許有人會想起，1950 年中央電影局東北電影製片廠譯製《列寧在十月》時，把彼得堡的堡念成了「鋪」，這是錯的，所以第二年，中央電影局上海電影譯製片廠在譯製《列寧在 1918 年》時把它改回來了。爲什麼「敢」改正這個錯誤？往大裏說，1951 年的上海電影系統還沒有被整體整肅，還有勇氣較眞兒；從小的角度上說，上海電影界不懼東北電影廠，大家頭上都頂著一個「中央電影局」。不知是否是巧合，當年 5 月 20 號，最高當局通過北京的《人民日報》明令批判電影《武訓傳》，3 天後，中央電影局立即根據指示展開運動。而《武訓傳》的出品單位，就是上海的私營崑崙影業公司〔註 25〕。

辰、「消滅法西斯，自由屬於人民」

　　「法西斯」是拉丁文（fasces），原始意思或者直譯過來就是棒子與斧頭〔註 26〕，象徵著獨裁。獨裁就是法西斯。哪個時代都有人要搞獨裁。所以，

倉庫當作「單間」，相當於今日的 VIP 包房。時代不同，但
要吃喝密謀的主題沒有絲毫區別。

〔註 25〕 鍾大豐、舒曉鳴：《中國電影史》，中國廣播電視出版社 1995 年版，第 88～89 頁。

〔註 26〕 「法西斯（拉丁文：fasces）在古羅馬是權力和威信的標誌。法西斯是一根被多根綁在一起的木棍圍繞的斧頭……法西斯的捆在一起的木棍代表團結，而斧頭（古代用來砍頭用的）則代表最高權力……法西斯代表權力和威信的意義一直延續到今天」，援引自百度知道 > 文化/藝術 > 歷史話題>法西斯是什麼？2006-3-9 20:16，提問者：匿名。我來幫他解答。推薦答案（2006-3-9 20:19）；網址：http://zhidao.baidu.com/question/4692890.html。

「消滅法西斯，自由屬於人民」這句話到現在還是有現實意義。1949 年後的大陸民眾，許多人是從「文革」期間熱映的阿爾巴尼亞電影中知道這句話的，但絕大多數人在很長時間內，都把法西斯局限在「德國鬼子」、墨索里尼和「日本鬼子」身上，而「我們」是屬於「自由」了的「人民」。這種常識性的普及和宣教成功，很大程度上歸功於當時蘇聯和其他東歐和亞洲的社會主義國家電影的「啟蒙」。

那年頭，沒有人敢僞造這個，因爲一般人根本接觸不到這類印刷機械。（圖片來源：凱迪社區＞貓論天下＞中間地帶〔灌水〕你見過這些票證嗎？，網址：http://club.kdnet.net/dispbbs.asp?id=8777 511&boardid=24&page=3&uid=&usernames=&userids=&action=）。

　　但觀眾從來沒有想到，阿爾巴尼亞自己不僅也是獨裁或法西斯，還是一頭白眼兒狼。面積不超過兩萬八千平方公里的阿爾巴尼亞，「二戰」期間人口不超過一百萬〔註 27〕。就這麼個相當於大陸一個中等城市或南方一個人口大縣的小國家，據當時的對外聯絡部部長耿飈透露，從 1954 年到 1978 年，阿國從大陸得到的各類援助總計約有人民幣 90 億元；根據當年的含金量和購買力，相當於現在的上千億，「它還相當於給當時人口規模爲 200 萬的阿國人每人發了 4000 多元的紅包！」〔註 28〕

〔註 27〕 鄭恩波：《鐫刻在我心中的阿爾巴尼亞電影》，《藝術評論》，2009 年第 9 期，第 54～62 頁。
〔註 28〕 參見上揚斯克加帖在貓眼看人【凱迪網絡】（http://www.kdnet.net）上的文章：《建國以來我國對外援助情況》，發表於凱迪社區 → 貓論天下 → 貓眼看人，網址：http://club2.cat898.com/newbbs/dispbbs.asp?boardid=1&id=2686826。

　　「同志加兄弟」的阿爾巴尼亞，基本上是想要什麼要什麼，要什麼都得給，沒有也得給。「伍修權將軍的文章《回憶與懷念》說，阿爾巴尼亞獨裁者霍查的女婿、阿外交官馬利列，在他的文章《我眼中的中國政要》裏講敘了這麼一件事：1962 年，他到中國要求糧食援助，找到外貿部部長李強，無果；後來還是找到劉少奇解決了問題。恰巧當時，缺糧食的中國向加拿大進口了大批小麥，幾艘載滿小麥的中國輪船正在大西洋駛往中國，接到中央的命令後，立即改變航向，調頭駛向阿國的港口卸下了全部小麥……這時……正是中國百姓大批餓死的時候！」〔註 29〕

　　現在人們才明白，當年大陸從阿爾巴尼亞得到的，除了電影，還有他們「在國際市場上賣不出去的一些劣質商品，如香煙、童裝、紡織品等……而霍查卻不吸本國煙，而吸的是筒裝的『大中華』」〔註 30〕；據說這邊曾問阿方，打算什麼時候還債？人家的回答是壓根兒就沒想過要還〔註 31〕。一旦不給他們錢了，就翻臉罵這邊是「反革命」和「主要敵人」〔註 32〕——被稱為「歐洲的一盞社會主義明燈」的阿國，竟然是這樣一匹被養肥的白眼兒狼。1959 年，大陸首次譯製阿共掌權後的第一部電影《塔娜》，最後一次是 1977年，只是象徵性地、短時間公映了《最後的冬天》譯製版〔註 33〕。從此以後，不僅阿爾巴尼亞的電影從中國大陸消失，甚至這個國家本身也已經被世人遺忘有年了。

〔註 29〕　參見上揚斯克加帖在貓眼看人【凱迪網絡】（http://www.kdnet.net）上的文章：《建國以來我國對外援助情況》，發表於凱迪社區 → 貓論天下 → 貓眼看人，網址：http://club2.cat898.com/newbbs/dispbbs.asp?boardid=1&id=2686826。

〔註 30〕　參見上揚斯克加帖在貓眼看人【凱迪網絡】（http://www.kdnet.net）上的文章：《建國以來我國對外援助情況》，發表於凱迪社區 → 貓論天下 → 貓眼看人，網址：http://club2.cat898.com/newbbs/dispbbs.asp?boardid=1&id=2686826。

〔註 31〕　參見上揚斯克加帖在貓眼看人【凱迪網絡】（http://www.kdnet.net）上的文章：《建國以來我國對外援助情況》，發表於凱迪社區 → 貓論天下 → 貓眼看人，網址：http://club2.cat898.com/newbbs/dispbbs.asp?boardid=1&id=2686826。

〔註 32〕　參見上揚斯克加帖在貓眼看人【凱迪網絡】（http://www.kdnet.net）上的文章：《建國以來我國對外援助情況》，發表於凱迪社區 → 貓論天下 → 貓眼看人，網址：http://club2.cat898.com/newbbs/dispbbs.asp?boardid=1&id=2686826。

〔註 33〕　參見：談笑鴻儒：《老影迷喜愛老譯製片（一）阿爾巴尼亞電影》（2011-05-28 10:44:24），載「陳家大院的博客」，網址：http://blog.sina.com.cn/s/blog_6848ebd8 0100sxan.html。

巳、「共產主義社會」和幸福感

1970 年代，人們的「幸福感」絕對不比現在差，而且更有境界，因為，「世界上還有三分之二的受苦人」。但萬幸的是，那都是外國人；中國雖說也有「吃不飽、穿不暖」的情形，但那都是「水深火熱」的「萬惡的舊社會」的事兒；或者在臺灣。其次，我等不僅「生長在新中國，長在紅旗下」，而且「我們的明天會更加美好」，因為前邊兒就是「共產主義社會」。

問題是，到了那時會是什麼樣？真有人這麼問了。提問的時間很早，是在 1950 年代。提問者是「老一輩無產階級革命家」的後代，得到的回答通俗明瞭：「共產主義憑飯票吃飯，餓了就去吃，累了躺下就睡，你就幹自己的活就行了，不用想著什麼掙錢呀、做飯呀、打掃屋子，都不用想，你有什麼需要，社會就分配你什麼，按需分配嘛，到共產主義全現成了」〔註34〕。

不信的人很少，尤其是「文革」時期。從這個意義上說，那個時代比現今牛氣多了，因為只需要「解放全人類」這一項就全蓋了帽了。似水流年，天旋地轉。現今的人們大略知道，絕大多數親歷者倒不全是有意撒謊，但他們又的確處在一個被謊言遮蔽一切，包括屏蔽自己大腦的時代。如今的事實是，無論是蘇聯、「蘇修社會帝國主義」，還是「東歐社會主義國家」，都已灰飛煙滅有年矣。只有昔日的黑白老舊電影，還在角落裏記憶著那個時代的輝煌。只不過，連當年熱愛她的人都已經逐漸老去，「新新人」根本不知其為何物。也不想知道，因為沒那閒功夫。

〔註34〕　（注：作者為羅榮桓元帥的女兒）羅北捷：《追憶老一輩的身影》，原載《前輩的身影》，賀曉明主編，上海文藝出版集團 2011 年 7 月出版。轉引自《作家文摘》2012 年 1 月 6 日，第 1499 期，第 1 版。

午、延伸讀片（按譯製時間排序，黑體標出的為產生重大影響的影片）

1、《山鷹之歌》，1959 年出品，上海電影譯製片廠 1961 年譯製；

2、《他們也在戰鬥》，1961 年出品，上海電影譯製片廠 1962 年譯製；

3、《我們的土地》，1964 年出品，上海電影譯製片廠 1964 年譯製；

4、《最初的年代》，1965 年出品，上海電影譯製片廠 1965 年譯製；

5、《廣闊的地平線》，1968 年出品，上海電影譯製片廠 1968 年 11 月譯製；

6、**《寧死不屈》**，1968 年出品，上海電影系統 1969 年 11 月譯製；

7、**《創傷》**，1968 年出品，上海電影譯製片廠 1969 年譯製；

8、**《地下游擊隊》**，1969 年出品，上海市電影系統《地下游擊隊》譯製組 1970 年譯製；

9、**《伏擊戰》**，1969 年出品，上海電影譯製片廠 1970 年譯製；

10、《第八個是銅像》，1970 年出品，上海電影譯製片廠 1971 年譯製；

11、《勇敢的人們》，1965 年出品，上海電影譯製片廠 1971 年譯製；

12、《腳印》，1962 年出品，上海電影譯製片廠 1971 年譯製；

13、**《戰鬥的早晨》**，1971 年出品，上海電影譯製片廠 1972 年（？）譯製，

14、《戰鬥的道路》，1974 年（？）/1975 年（？）出品，上海電影譯製片廠 1975 年 5 月譯製；

15、《在平凡的崗位上》，1974 年出品，長春電影製片廠 1975 年譯製；

16、《山姑娘》，1974 年（？）/1976 年（？）出品，長春電影製片廠 1976 年譯製；

17、《初春》，1976 年出品，長春電影製片廠 1976 年譯製；

18、《石油讚歌》，1964 年（？）出品，長春電影製片廠 1976 年譯製〔註 35〕。

初稿時間：2012 年 5 月 8 日
初稿錄入：鍾端梧
二稿改定：2013 年 7 月 1 日～31 日
配圖注釋：2013 年 7 月 25 日～8 月 12 日
校改修訂：2015 年 2 月 1 日～8 日

〔註 35〕 本章收入本書前，正文部分（除了經典臺詞和戊、多餘的話以及絕大部分注釋）約 9000 字，曾以《阿爾巴尼亞電影與中國大陸電影模式的歷史性異同及其文化讀解——以 1970 年代公映的〈海岸風雷〉為例》向外投稿，兩年來已經被四家內地雜誌以內容「不當」或「政治不正確」等理由退稿，截止至本書初稿寄呈出版社排版時，依然未收到第五家雜誌的採用通知。特此申明並將雜誌投稿版的**英文摘要**附後：

Similarities and Differences between Albanian and Chinese Film Modes from Historical and Cultural Perspectives: A Case Study Based on Gjurma in1967
Abstract: Because of "the special friendship" between Chinese Party and Albanian Party，films from Albania—a small European country—were only blockbusters shown during Cultural Revolution in China. *Gjurma* is a representative specimen for them. There are similarities and likeness between the film and Chinese "red classic film"，such as modes of violent revolution，ideological education，traitor，armed resistance on small-scale. The film also conveys some information related or similar to Chinese lives; for example，"revolution" idea dominates ethics of family love，diet and living，costume aesthetics，and the relationship among family members. All of these are familiar to Chinese，and make them feel cordial，joyful and sorrowful. Viewed from international background，the film is a necessary product of "Cold War". Viewed from Chinese cultural background，the film constructs intertexuality with people's lives，spiritual states and material lives in mainland.
Key words: Albanian film; *Gjurma*; mode; ethics of family love; mundane life;

《多瑙河之波》(1959)：「跟著我，你用不著害怕」——羅馬尼亞電影中的英雄形象與大陸社會的民間讀解

閱讀指要：

　　雖然同屬於「社會主義國家陣營」和相同的意識形態話語體系，但《多瑙河之波》最讓人心動的形象，卻是兩個非黨員出身的人物。船長米哈伊霸氣外露的男子漢氣概，對 1970 年代中國大陸青少年的成長起到了雄性教育作用，船長太太安娜的性感柔美，客觀上填補了大陸銀幕上缺失已久的女人形象。《多瑙河之波》對羅馬尼亞民眾戰時生活有限度的體現，在與「文革」時期的大陸民眾生活水平形成客觀比照的同時，其核心價值在五十多年後的今天依然具有現實意義，那就是個人命運大於等於一場戰爭的勝利。

關鍵詞：羅馬尼亞電影；《多瑙河之波》；英雄情結；「文革」；譯製片；

專業鏈接 1:《多瑙河之波》(故事片,黑白),羅馬尼亞,1959 年出品,長春
　　　　　電影製片廠 1960 年譯製。VCD(雙碟)時長:99 分 36 秒。

　　　〉〉〉 **編劇**:D・卡拉巴特;**導演**:L・裘萊依。

　　　〉〉〉 **主要人物**:

　　　　　　　　船長米哈依(I・佛拉比野飾演,配音:孫敖)、
　　　　　　　　船長妻子安娜(Z・吉歐萊依飾演,配音:向雋殊)、
　　　　　　　　水手托瑪(I・彼得勒斯庫飾演,配音:鄭萬玉)。

專業鏈接 2:原片中文片頭、演職員表及片尾字幕(標點符號爲錄入者添加)

　　片頭字幕:

　　羅馬尼亞人民共和國布加勒斯特電影製片廠出品。

　　長春電影製片廠配音複製。

　　《多腦河之波》。

　　編劇:D・卡拉巴特;導演:L・裘萊依;攝影:G・伊昂尼斯庫;

　　音樂:T・車爾吉歐;美工:I・吉歐里歐;

　　演員表:I・佛拉比野,Z・吉歐萊依,I・彼得勒斯庫;

　　譯製演員表:米哈依,配音:孫敖,安娜,配音:向雋殊,托瑪,

　　配音:鄭萬玉;

　　譯製演員表:翻譯:黎歌;導演:張其昌;錄音:泓波。

　　片尾字幕:

　　完。一九六〇年。第廿九號。〔註1〕

經典臺詞:

　　「這是命令!……我不管多瑙河有水雷沒有,這是戰爭!是戰爭!」

　　「跟著我,你用不著害怕」。

　　「別關了(門)了,我看見(你的那些女人的照片)了,(她們)比我還醜」。

　　「米哈伊先生!」——「喊什麽,我又不聾!」

　　「我有四個孩子!」——「該死在家裏不會死在海上的。別囉嗦了,快去吧」。

　　「你說這些主會聽見的!」——「主沒工夫,他忙著打仗呢」。

　　「你是誰呀?」——「九百十一號貨船駕駛員」——「你給我滾出去!」

〔註 1〕 說明:影片譯製版的片頭字幕本身就是繁體字(正體字),現在盛行的簡體字
　　　　是從「文革」後期開始全面推廣的。

「自我介紹一下，我的名字叫曼得列斯庫」。

「隨便挑，就這種貨色」。

「你殺過人嗎？」——「差不多吧」。

「噢，一塊嫩肥肉，捨不得叫她睡空床」——「你再說我就揍你！」——

「我又沒什麼壞意思，開個玩笑都不行嗎？」

「你要淨說好聽的我就揍你」。

「你從監牢出來的？」——「哼，是人都有來處啊」

「你怎麼進的牢？」——「如今不犯罪也會進牢房」。

「我告訴你，我一句話不說兩遍」。

「你吃飯去吧。吃完了說一聲費心，懂點兒禮貌！」

「你犯了什麼罪了？」——「擾亂教堂」。

「你是他什麼人？」——「我是他爸爸！知道嗎？！」

「我受夠了！我辭職！」——「在前線是不能辭職的」。

「我頭疼」——「你陪我喝酒不能頭疼」。

「人總得死，不能總活著，就是這樣」。

「我不認識你，我不告訴你」。

「禮節總是不可少的」。

「你喊什麼？我又不瞎！」

「那些德國人呢？」——「都見鬼去了……」。

「他跟我說他不反對了」。

「安娜是個好姑娘。你好好地……照顧她」。

「……。

以往影片人氣指數：★★★★★

現今觀賞推薦指數：★★★★★

甲、《多瑙河之波》的公映與中國大陸的戰爭文化背景

從 1949 年前後到 1970 年代，中國大陸公映的所有外國電影，幾乎全部由東北電影製片廠和上海電影製片廠壟斷譯製，（1955 年以後，東北電影製片廠改名為長春電影製片廠，同時，和「上影廠」一樣，廠名前面的「中央電影局」字樣一併被取消）。到 1970 年代初期，北京電影製片廠加入進來，成為第三個譯製外國電影的「並列」單位。1980 年代以後，一些電視臺譬如中

央電視臺（CCTV）等，雖然也開始譯製一些外國電影，但總的說來，社會影響不及三大電影製片廠。

其中一個原因就是，除了一些中老年觀眾，外國電影尤其是蘇聯、東歐等「社會主義國家」的電影，已經不再引起大部分民眾的興趣。新一代的觀眾群體，除了越來越多地成為電視觀眾之外，以好萊塢電影為代表的「西方資本主義國家」電影，已經成為絕大多數民眾看電影的首選。那些1980年代之前、尤其是「文革」期間反覆公映的「社會主義國家」的電影，甚至連學術研究都少有人涉及。以往億萬「鐵桿觀眾」聚集影院，與銀幕上的「英雄人物」「同呼吸、共命運」的場景，已成明日黃花，永不再來。

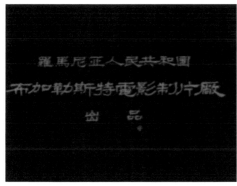

根據有限的資源和線索，檢索「上影」、「長影」和「北影」三大電影製片廠的譯製片名錄，可以清晰地看到羅馬尼亞電影在中國大陸的歷史性印迹。譬如最早譯製的片子，是中央電影局東北電影製片廠1952年譯製的，片名是《為了美好的生活》（1951年出品，又名《生活是勝利的》）；最新的、也就是最後一部片子，是上海電影譯製廠1992年譯製的，叫《珠寶迷蹤》。有人說，大陸前後「一共譯製了羅馬尼亞各個歷史時期的故事片近70部」〔註2〕，但我找到的譯製片目數量，只有不到60部，時間跨度恰好是40年〔註3〕。

〔註2〕申志遠：《羅馬尼亞電影回顧（上）：遙遠的〈多瑙河之波〉》，《電影評介》2000年第4期，第46～47頁。

〔註3〕這些影片按照譯製時間排序如下：
  1、《為了美好的生活》（又名《生活是勝利的》），1951年出品，中央電影局東北電影製片廠1952年譯製。
  2、《理想實現了》，羅馬尼亞布加勒斯特電影製片廠1953年出品，中央電影局東北電影製片廠1953年譯製。
  3、《在我們的村子裏》，1951年出品，中央電影局東北電影製片廠1954年譯製。
  4、《太陽出來了》，1954年出品，長春電影製片廠1955年譯製。

5、《邊塞擒諜》，布加勒斯特電影廠 1955 年出品，上海電影譯製片廠 1956 年譯製。

6、《原來就是你》，出品年不詳，長春電影製片廠 1957 年譯製。

7、《多瑙河之波》，1959 年出品，長春電影製片廠 1960 年配音複製。

8、《雪山救戰友》，出品年不詳，長春電影製片廠 1960 年譯製。

9、《風暴》，1960 年出品，上海電影譯製片廠 1960 年譯製。

10、《密碼》，出品年不詳，布加勒斯特電影廠 1959 年出品，長春電影製片廠 1960 年譯製。

11、《無名氏畫像》，出品年不詳，長春電影製片廠 1961 年譯製。

12、《渴望》，出品年不詳，長春電影製片廠 1962 年譯製。

13、《港城春夢》，出品年不詳，長春電影製片廠 1962 年譯製。

14、《1929 年的魯賓城》（上下集），出品年不詳，長春電影製片廠 1963 年譯製。

15、《民族英雄》（上下集），出品年不詳，長春電影製片廠 1964 年譯製。

16、《達吉亞人》，1967 年出品，長春電影製片廠 1970 年譯製。

17、《勇敢的米哈依》，1971 年出品，長春電影製片廠 1972 年譯製。

18、《我過去的朋友》，出品年不詳，北京電影製片廠 1973 年譯製。

19、《爆炸》，1972 年出品，北京電影製片廠 1973 年 11 月譯製，（本片獲 1973 年莫斯科電影節評委會獎）。

20、《沉默的朋友》，1969 年出品，上海電影譯製片廠 1974 年譯製。

21、《巴布什卡歷險記》，1973 年出品，中央電影局 1975 年譯製。

22、《潔白的道路》，出品年不詳，長春電影製片廠 1975 年譯製。

23、《多瑙河三角洲的警報》，1975 年出品，長春電影製片廠 1976 年譯製。

24、《斯特凡大公》，1974 年出品，中央電影局 1976 年譯製。

25、《沸騰的生活》，1976 年出品，北京電影製片廠 1977 年譯製。

26、《橡樹，十萬火急》，1973 年出品，上海電影譯製片廠 1977 年譯製。

27、《奇普里安·波隆貝斯庫》（又名《音樂家奇普里昂》），1972 年出品，長春電影製片廠 1978 年譯製。

28、《汽車行動》，1978 年出品，上海電影譯製片廠 1978 譯製。

29、《偵察英雄》，布加勒斯特電影廠 1965 年出品，長春電影製片廠 1978 年譯製。

30、《政權·真理》，1972 年出品，上海電影譯製片廠 1979 年譯製。

31、《光陰》，1979 年出品，上海電影譯製片廠 1979 年譯製。

32、《延期宣判》，出品年不詳，長春電影製片廠 1979 年譯製。

33、《復仇》，1978 年出品，上海電影譯製片廠 1980 年譯製。

34、《雨夜奇案》，布加勒斯特電影廠 1978 年出品，長春電影製片廠 1980 年譯製。

35、《甜蜜的競賽》（又名：果仁巧克力），1978 年出品，上海電影譯製廠 1981 年譯製。

36、《最後一顆子彈》，布加勒斯特電影廠 1973 年出品，上海電影譯製片廠 1981 年譯製。

37、《十六個人》，1979 年出品，上海電影譯製片廠 1982 年譯製。

38、《重歸於好》，1980 年出品，上海電影譯製片廠 1982 年譯製。

　　羅馬尼亞電影之所以從 1950 年代開始被譯製引進，從大背景上說，是大陸和蘇聯之間「政治蜜月」的「附屬」結果。1960 年代中、蘇兩黨關係破裂後，羅馬尼亞和阿爾巴尼亞因為沒有跟著「蘇修」跑，被大陸視為東歐的「同志加兄弟」，其電影也就成為「東歐社會主義國家陣營」在大陸的幸存者之一。1970 年代後期，中、阿兩黨關係破裂，阿爾巴尼亞電影銷聲

39、《山的兒子》，1971 年出品，上海電影譯製片廠 1982 年譯製。

40、《神秘的黃玫瑰》系列，出品年不詳。正集：《白骨之路》，布加勒斯特電影廠出品，長春電影製片廠 1982 年譯製；續集 1：《布加勒斯特的秘密》（1983 譯製？，未公映）；續集 2：《神秘的黃玫瑰》，上海電影譯製片廠 1984 年譯製；續集 3：《銀面具》，上海電影譯製片廠 1986 年譯製；續集 4：《神秘的黃玫瑰·藍寶石項鍊》，上海電影譯製片廠 1989 年譯製。

41、《布加勒斯特居民證》，1982 年出品，上海電影譯製片廠 1983 年譯製。

42、《藝人之家》，1981 年出品，上海電影譯製片廠 1984 年譯製。

43、《從地獄歸來》，羅馬尼亞電影製片廠 1983 年出品，上海電影譯製廠 1985 年譯製。

44、《永不中斷的廣播》，布加勒斯特電影製片廠 1985 年出品，上海電影譯製廠 1986 年譯製。

45、《酒神的秘密》，出品年不詳，長春電影製片廠 1987 年譯製。

46、《不朽的人》，布加勒斯特電影製片廠 1985 年出品，上海電影譯製廠 1987 年譯製。

47、《一個警官的控訴》，1973 年出品，長春電影製片廠 1988 年譯製。

48、《清白的手》，布加勒斯特電影廠 1972 年出品，上海電影譯製片廠 1989 年譯製。

49、《雙人舞》，布加勒斯特電影製片廠出品，上海電影譯製廠 1989 年譯製。

50、《晚餐來的客人》，上海電影譯製廠 1989 年譯製。

51、《一夜富翁》，1981 年出品，長春電影製片廠 1989 年譯製。

52、《較量》，1981 年出品，上海電影譯製廠 1990 年譯製。

53、《珠寶迷蹤》，布加勒斯特電影製片廠出品，上海電影譯製廠 1992 年譯製。

說明：以黑體標注的影片出品時間不詳；以上全部片目均從以下地址獲得：

1、上海電影譯製廠譯製片名錄（1950～2013），網址：http://baike.baidu.com/view/206959.htm。

2、北京電影譯製廠譯製片名錄（1973～2009），網址：http://baike.baidu.com/view/7818932.htm。

3、長春電影譯製片廠譯製片目錄（1949～1995），網址：http://www.tudou.com/home/diary_v2515119.html。

4、豆瓣電影，網址：http://movie.douban.com/。

5、時光網，網址：http://www.mtime.com/。

6、陳家大院的博客：《老影迷喜愛老譯製片（四）羅馬尼亞電影（1）》〔2011-05-29 10:15:23〕，網址：http://blog.sina.com.cn/s/blog_6848ebd80100sxxs.html。

匿迹，但羅馬尼亞電影的譯製數量不降反增，總數大致相當於前 20 年譯製
數量的總和〔註4〕。這一時期羅馬尼亞電影的在大陸的受歡迎程度，只有另
外一個東歐「社會主義國家」的電影可以比擬，那就是南斯拉夫〔註5〕。

| 出場的第一個人物居然是壞人，這種表現形式上與 1949 年後尤其是「文革」時期的中國大陸電影絕對不一樣。 | 雖然大陸觀眾熟悉這種接頭場景和模式，但光影和音響效果的表現卻是純正的歐洲電影血脈。 |

　　1959 年出品的《多瑙河之波》，雖然在次年就被大陸譯製公映，但影片產
生的巨大社會影響，集中體現在「文革」時期，尤其是「文革」中、後期。
這一時期大陸公映的外國電影，一方面全部出自「社會主義國家」，譬如蘇聯
斯大林時代出品的老舊影片（《列寧在十月》、《列寧在 1918 年》和《保衛察
里津》等），東歐的阿爾巴尼亞、羅馬尼亞，以及亞洲的北朝鮮和北越。總體
數量雖然不少，但因為全部是意識形態同質化的產品，加之觀眾沒得可選，
只好一邊又一遍地反覆「觀賞」。另一方面，這些影片又與 1949 年以後、尤
其是「文革」中、後期，大陸日漸濃鬱的戰爭文化背景和「你死我活」的意
識形態宣傳形成無縫對接。

　　1950 年「抗美援朝」（朝鮮戰爭，1950～1953）爆發後，面對戰爭和對
戰爭的政治宣教，既是新政權的當務之急，也是凌駕於一切「革命工作」
的重心之一。譬如隨後的 1960 年代，除了要繼續應對「蔣匪」的「反攻大
陸」計劃，國際視野中的「敵人」，在「美帝國主義」之外，又多了一個「蘇

〔註4〕同註3。
〔註5〕其代表作品是《橋》（1969 年出品，1974 年譯製）、《瓦爾特保衛薩拉熱窩》（1972
　　　年出品，1973 年譯製）、《你好，出租車》（1984 年出品，1986 年譯製）等。
　　　對以上譯製片我均已完成個案讀解，除了《橋》之外，大部分文章尚未公開
　　　發表，敬請關注。

修帝國主義」。在此前後,中、印邊境之戰(1962),中、蘇珍寶島之戰(1969),以及「抗美援越」(1965~1973),直至「對越自衛反擊戰」(1979)。從1949年以後的30年來,大陸社會始終處於被局部戰火頻繁「燒烤」的狀態。

這種閃閃發亮的男式長皮衣,是1970年代大陸男女青年的夢中神物,難得一見又求之不得。

教堂、鐘聲,婚禮和婚紗,當時的觀眾雖然感覺到陌生,但隨後響起的警報聲卻相當地熟悉。

　　「文革」中、後期,「偉大領袖」乾脆發出了「要準備打仗」的「最高指示」,這與民眾的「共識」無關,但戰爭文化從此成為社會生態的底色。譬如,從1970年到1977年,官方最高等級的媒體「兩報一刊」(《人民日報》、《解放軍報》、《紅旗》雜誌),每年元旦都要聯署發表《社論》,並動用最先進的媒介手段——廣播電臺——反覆向全體民眾播送傳達;提到臺灣,一定會說「我們一定要解放臺灣」。一切官辦的大型遊行和集會,也會反覆呼喊這個「口號」,當然,不會少了「打倒美帝、蘇修」這種國際視野更為廣泛的主題詞和「重要」內容。

　　社會上的體育比賽,「入場式」都有口號要喊。最常見的組合是「發展體育運動、增強人民體質」,「提高警惕,保衛祖國」。這兩句都源自「毛主席語錄」,也就是「最高指示」。更重要的是,這兩句形成的是一個因果邏輯關係。因此,中、小學生每年一次的「運動會」,男女孩子們齊刷刷邁著方步,脆生生喊出的口號就是「鍛鍊身體,保衛祖國」。而凡是從那個年代過來的人,都不會忘記每天大喇叭裏「廣播體操」那一段鏗鏘有力的導語:「偉大領袖毛主席教導我們:發展體育運動、增強人民體質;提高警惕,保衛祖國。現在開始做廣播體操。原地踏步,走!……」〔註6〕。

〔註6〕 這話說白了,就是好身體是用來打仗的。沒有延年益壽這一說,那時很少有人敢這麼想,更不敢這麼說,因為這絕對是「修正主義貨色」。

男女相擁和親吻，也只有蘇聯電影《列寧在1918年》中的瓦西里夫婦的類似場景可以媲美。「跟著我，你用不著害怕」。這個男人的話，激勵溫暖了無數1970年代的大陸青年男女。

　　所以，貫穿「文革」十年的，一方面是黨內外激烈的「路線鬥爭」、「階級鬥爭」等等「政治鬥爭」（各種「清洗」運動），另一方面，就是在戰爭陰雲籠罩下的民眾心態，或者是一種特殊生存狀態下的戰爭文化背景。而當時的電影，無論是國產電影，還是外國電影，實際上都是戰爭文化的衍生物〔註7〕。因此，《多瑙河之波》的戰爭主題，既與大陸社會的「時代精神」相一致，又與民眾對戰爭和戰時生活的認知和審美相契合。唯一的問題是，當時觀眾對這部

〔註7〕 與「要準備打仗」相關的「最高指示」還有許多，譬如，「深挖洞、廣積糧、不稱霸」。迄今大陸各大城市譬如北京的高層建築，地下部分（譬如地下室）都屬於「人防工程」（「人民群眾防備敵人空襲工程」）的一部分，這其實是那時的戰爭文化在「政策」上延續。戰爭文化的一個突出特徵就是二元對立模式，非此即彼，不是善就是惡，不是好就是壞，不是黑就是白，總之是你死我活，絕對沒有「中間」這一說。用「最高指示」來解釋，那就是：「誰是我們的敵人，誰是我們的朋友？這個問題是革命的首要問題」。「首要問題」的具體解決方案的原則是：「凡是敵人反對的我們就要擁護，凡是敵人擁護的我們就要反對」。這個指示用在1970年代很有實操性。譬如：「寧要社會主義的草，不要資本主義的苗」。現在想來，真有些匪夷所思的意思：如果敵人擁護上廁所，那……怎麼辦？
在這種戰爭文化背景或準備打仗的形態之下，絕大多數男生的心態，基本上會與《陽光燦爛的日子》（1994）中主人公馬小軍的內心世界吻合：「……在新的一場世界大戰中……一名舉世矚目的戰爭英雄將由此誕生，那就是我」。
我不知道當時女生對此有什麼想法，不過大致可以推測，應該不乏劉胡蘭情結。去年我遇見過一個學生，來自山西省文水縣，那是劉胡蘭的家鄉。我問縣裏是不是還有紀念館之類的地方？回答說是啊，那口把劉胡蘭腦袋切下來的鍘刀還在呢，學生們經常在那裏舉行入隊儀式。這說明，雖然時代背景不同了，但精神教育還有相同之處。

影片的讀解,多少與官方的主流價值觀念有所出入,譬如誰是真正的英雄?什麼是愛情?另一方面,對影片中人物的精神世界和物質生活,觀眾會不自覺地聯繫自己的生活條件,並給以世俗化的理解和比照。

〔註8〕

〔註9〕

注意票面左側紅旗上的字眼。〔註10〕

〔註 8〕圖片來源:中國收藏熱線 >> 首頁 >> 拍賣 >> 日用/工業商標 >> 最高指示,提高警惕,保衛祖國,要準備打仗,鹽酸_價格元,網址:http://www.997788. com/auction_43_4344208/。

〔註 9〕圖片來源:中國收藏熱線 >> 首頁 >> 拍賣 >> 車船票/交通票 >> 南京壹角【最高指示:提高警惕,保衛祖國。】,網址:http://www.997788.com/23026/ auction/137/2192591/。

〔註10〕圖片來源:中國收藏熱線 >> 首頁 >> 零售 >> 布票 >> 1970年陝西省布票 --壹市尺【最高指示:提高警惕,保衛祖國】_價格 10 元,網址:http://www.997788. com/pr/detail_132_17967762.html。

此圖爲 1953 年人民美術出版社出版的《鍛鍊身體 保衛祖國——「八一」體育運動大會攝影集》封面。〔註 11〕

1960～1970 年代的宣傳畫。〔註 12〕

1960～1970 年代的宣傳畫。〔註 13〕

1970 年代的宣傳畫。〔註 14〕

〔註 11〕 圖片來源：http://pic2.997788.com/mini/shopstation/pic/PK/00/0007/000706/PK00070619.jpg。

〔註 12〕 圖片來源：http://www.yupoo.com/photos/hn733g/51152011/。

〔註 13〕 圖片來源：http://image.jike.com/so?q=%E9%94%BB%E7%82%BC%E8%BA%AB%E4%BD%93%EF%BC%8C%E4%BF%9D%E5%8D%AB%E7%A5%96%E5%9B%BD&fm=sesop&fm=sesop。

〔註 14〕 圖片來源：http://sports.qq.com/a/20090509/000506.htm。

乙、《多瑙河之波》與 1970 年代大陸觀眾的感性認知

子、誰是觀眾心目中真正的男一號？

儘管影片開始 13 分鐘後才出場亮相，但共產黨員托瑪中尉顯然是編導著力塑造的男一號。為了盜取 724 號貨船上裝載的德軍武器彈藥，組織上命令他偽裝成小偷混入囚犯隊伍，到船上當了水手。當貨船遇到水雷的時候，他不顧危險把水雷排除掉。他並不是為德國人著想，而是為了把整船的軍火留給游擊隊。他和強勢的米哈依船長的關係，也從最初的被領導，逐漸變成了戰友和夥伴。遭遇德軍巡邏艇後，兩人聯手與之激戰。最後，船長米哈依雖然犧牲了，但托瑪「勝利」地完成任務，便回到軍隊奔向另一個戰場。

四周炮聲隆隆、到處火光閃閃，船長和他剛娶的女人就是這樣相依相偎行走在夜晚的大街上。

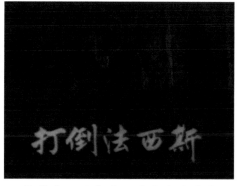

可能是為了給米哈伊後來成為反法西斯戰士做鋪墊，影片加入了民眾半夜上街寫標語的情節。

動態化的煙霧成為視聽語言的重要組成，這是幾十年後大陸導演才覺悟並為之努力的事情。船長夫婦投宿的旅館。出自「長影」（原「東影」）的譯名翻譯，多少留下了「滿映」的痕迹——歐洲國家哪來的「京都」？是首都吧。

窗外火光熊熊、爆炸聲接連不斷，窗內激情四射，愛如潮水。沒有人想到他們再也不會回來。這使人想到蘇聯著名的《雁南飛》（1957），但它顯然不具備《多瑙河之波》的愛情「合法性」。

這畫面當時絕對是大尺度，只是好歹託了社會主義國家電影的福，但估計還是有所刪節的結果。

連生氣都這麼瀟灑。戰爭強行中斷了船長的蜜月假期，被德軍徵調出航。船長非常憤怒。

　　觀眾不傻，知道這講的是一個黨感化和帶領人民取得勝利的故事，尤其是像米哈依船長這樣只有樸素的「愛國」情懷，而沒有「組織」和「組織觀念」的專業知識分子，更需要黨的「引導」和「教育」。說起來，大陸電影的這種模式「早」已有之，觀眾也很熟悉。譬如1956年的《鐵道游擊隊》和1959年的《回民支隊》，兩部片子中都有一個比較二的草莽英雄，敢殺敢打，但由於缺乏黨的領導，總走不上「正道兒」。幸虧後來上級派來了「政治委員」（黨的化身），這才真正「成長爲一名光榮的革命戰士」。

　　換言之，「非黨員」，或者具有樸素的、自發的，或曰原始的「愛國」情懷的英雄人物，絕對成不了男一號。這與影片的主題、題材和藝術真實與否無關，更與國別和民族無關，而是與意識形態的教化有關；或者說，是「政治掛帥」的結果。所以，雖然米哈伊很帥，最後也爲「黨的事業」犧牲了生

命，但他身上的任何一個「缺點」都注定了他只能是配角式的男二號地位。譬如爆粗口、打人，尤其是個人性欲旺盛。影片特意爲托瑪安排了一個喪偶的身份，暗示他太太死於德國人的轟炸，這固然是出於對托瑪革命性背後的階級性考量，但更重要的是爲了與船長「豐富」的感情生活做一個比對。譬如駕駛艙裏貼的那些女人照片，連安娜都知道那都是丈夫以前女友們的「流風遺韻」。

船長在船上，船在多瑙河上，多瑙河在畫面上。船長來到駕駛艙，打開唱機，門上貼滿美女的圖片。作爲一個優秀男人，他有著美好的過去。

問題是，許多觀眾就是衝著米哈依船長去的。「譬如有的小夥子，似乎和米哈依船長一樣『覺悟不高』，前前後後把《多瑙河之波》看了 16 遍之多，其實就是爲了看人家抱著安娜在旅館新婚那一場戲」〔註 15〕。當年我剛上小學，但憑藉自己那點兒可憐的「紅色經典電影」教化「知識」，居然也覺得船長「思想上有問題」：大敵當前，你怎麼還有心思結婚？爲什麼不參加游擊隊？事隔多年，我早已忘記影片裏還有「教堂婚禮」那場戲，倒是對船長住旅館時破門而入，以及抄起床邊的半截磚頭來回應催促他去上工開船的細節記憶猶新。

米哈伊船長沒有被意識形態「打磨」乾淨的、本眞的男性氣概和粗野的行爲意識，恰恰迎合了 1970 年代大陸青少年觀眾的心理，並留下了刻骨銘心的印象。從藝術的角度上說，觀眾對船長形象的認同，是對當時滿眼「高大全」式的英雄人物的「反動」選擇；從社會學的角度上看，這個人物的行爲意識，又與當時社會的年輕化現實相對應。譬如 1964 年，大陸總人口約 7

〔註 15〕 參見：鐵血軍事 > 鐵血軍事論壇 > 軍事影評 >〔長城原創〕還「多瑙河之波」之歸屬，發帖者：預備役海軍上校，發帖時間：2008/1/21 6:01:23；網址：http://bbs.tiexue.net/post2_2542423_1.html，登錄時間〔2013-08-14〕。

億，其中 15～29 歲的青少年占 23.51%〔註 16〕——幾乎占全體社會成員的四分之一。所以，米哈伊的強壯、勇敢、蠻橫、充滿野性魅力的形象，客觀上對當時的觀眾起到一種雄性教育作用〔註 17〕。因此，這個被托瑪「啓蒙」的人物其實已經被觀眾解讀爲一個正面的英雄人物，成爲事實上的男一號。因爲，他身上所具有的獨特魅力，是一切模式化的人物無法比擬的——托瑪也不例外。

丑、個人命運與戰鬥的「勝利」孰重孰輕？

1949 年以後大陸拍攝的影片，尤其是「紅色經典電影」中的「打仗片兒」，中心和重心基本上不會放到人的方面，而是放在事（件）上。即專注於戰鬥、或「戰爭」的「勝利」上，從而形成事實上的、對人的刻畫和描寫相對弱化乃至忽視。也就是只注重結果（「勝利」），不注重過程。具體體現就是無論男女老少、美醜嬈妍，所有人物都不過是完成政治意圖、傳達政治理念的符號或代碼，這從根本上抽去了人和人性的概念和內涵。就此而言，《多瑙河之波》對大陸電影的模式化有一種顚覆性的功能。

〔註 16〕 1964 年大陸的總人口數數據，來自國家統計局人口統計司編：《中國人口統計年鑒 1988》（中國展望出版社，第 198 頁），15～29 歲的青少年占大陸總人口總數的比重數據，來自邵渦陽：《中國青年人口：基本狀況和特點》（《青年研究》1995 年第 1 期，第 21 頁）。

〔註 17〕 「文革」正式爆發時我剛上幼兒園。在我的記憶中，那是一個以暴力決定社會地位的時代，誰屬害誰就是老大。上小學、中學後更是如此，無論是校園還是學校外邊，一天到晚，打架鬥毆之類的暴力場景屢見不鮮，至少是時有所聞。與此相關但顯得正面的現象是，無論學校還是社會，所有的運動會幾乎是全民狂歡的場景。一直到 1990 年讀研究生時，運動會都始終給我留有深刻和美好的印象。因爲在這種場合，人的本性和本能的力量得以充分展示其充滿魅力的一面。(近二十年來，運動會更多地成爲專業人士的小眾遊戲，即使是奧運會，也不過是國家的政策娛樂和權力消費之一種。而現今大學裏的運動會，多半已經淪爲校園生活邊緣性的點綴，跟絕大多數師生都沒有一點關係，貌似只有新生參加)。
這也是《多瑙河之波》在「文革」時期產生廣泛影響的時代背景之一，米哈依船長的雄性體能和氣質，與他身上的人性和個性魅力相結合，從而擺脫了托瑪身上符號式的約束。譬如他對安娜說，將來我帶你到了岸上，買上三間房子和一個小花園。這種充滿英雄氣概卻又不乏世俗情懷的男人形象，其實源自西方電影的文化傳統：著眼點並不在於塑造一個英雄，而在塑造一個大寫的人、一個充滿英雄氣概的人，因爲塑造英雄難免神化的嫌疑和套路。

德國人命令船長掃雷，船長只好讓水手去：「該死在家裏不會死在海上的。別囉嗦，快去」。妻子站在船長近旁，擔心地看著水手去掃雷。這與其說是女人易於同情的本能，不如說是人性的自然流露。

譬如從一開始到最後，觀眾所關心的或者說始終能夠吸引觀眾的，倒不是戰爭以及這場「戰鬥」的勝利，而是具體的、個人的命運走向。就船長米哈伊來說，按照觀眾的設想或者是「觀影經驗」，「勝利」之後，船長應該活著，但讓人沒有想到的是，影片卻安排他死了。其實這樣的表現才更符合歷史真實，「千千萬萬的人，在我們的前面英勇地犧牲了」。大陸電影的模式是，英雄永遠不死，一旦負傷也永遠是左胳膊。托瑪就沒有死，因為他是男一號，不會安排他「犧牲」；船長是「可以被教育好」的「好人」，所以他得死。可問題是，安娜怎麼辦？

當時許多年齡小一點的觀眾譬如像我那樣的小學生，注意力的確不在這個女人身上。可實際上，安娜的命運始終與米哈伊船長的命運纏繞在一起。

船長粗暴地一把推開女人，不讓她看男人們搏命。似乎船長的愛越是不溫柔，他的女人就越順從。水手不願意去掃雷，因為他家裏還有四個孩子。但船長也沒辦法。結果小艇觸雷，水手當場身亡。

安娜第一次來到船上，看見船長那些前女友的照片，她說，我看見你的那些女人照片了，她們比我還醜。真正的美女從來都說自己不好看，因為她有這個自信。雖然安娜不過是米哈伊生命歷程中的女人之一，但卻是他最後一段人生的忠實伴侶和唯一的親人。她曾經陪著他共同經歷了四次生死考驗，但第五次也就是最後一道坎兒，她的男人沒能邁過去，甚至都沒能死在她的懷裏，只能把她託付給托瑪。

故事講了 11 分鐘後才出片頭字幕，這種形式大陸電影很少使用。這裡的困惑是，導演的名字被翻譯成裘萊伊，但後來有人寫影評時，總寫作丘列伊並說他飾演了船長米哈伊。

可從演職員表上看，這種說法似乎有問題，因為中文譯名相去甚遠，無論如何對不上。譯製演員表也證明了這一點，因為與「丘列伊」讀音相近的吉歐萊依，飾演的船長妻子安娜。

　　到這裏，已經是電影的結尾了，但影片並沒有放棄對人物命運的關懷。此時採用的，是「以樂景寫哀」的手法。一方面，是托瑪中尉軍容整齊，頭上鋼盔威嚴，腳下長靴閃亮，在人們的歡呼聲中，意氣風發地率領浩浩蕩蕩的隊伍走向遠方。另一方面，這個年輕的可憐寡婦，站在一片廢墟和陌生的人群當中，看著這一切。她今後的生活怎麼辦？還會在碰到米哈伊那樣的船長嗎？即使碰到了，她的生活還會幸福嗎？除了米哈伊，還有誰那麼牽掛著她？

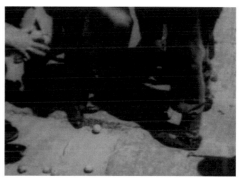

偽裝成水手應徵來到 724 號船上的「我軍」軍官托瑪，造型上與資產階級船長
就有區別。托瑪趁亂混入勞工隊伍。鬧搶撿拾水果的場景與「文革」時期的社
會現實有相同或對應之處。

　　這些才是眞實的。這些才是電影應該告訴人們的。在大陸觀眾看電影的
印象中，一旦仗打完了，「我們勝利了」，到處都是敲鑼打鼓歡呼聲一片，領
導還要講話。那些死去的人呢？那些痛失親人的家庭呢？那些留下來的寡婦
和孩子們呢？沒有人去關心。因此觀眾一直以爲打仗像做遊戲一樣好玩兒，
所以幾代年輕人都渴望打仗、嚮往戰爭，從來沒有想過打仗會有什麼樣的後
果。唯一要「考慮」的，是誰成爲「英雄」〔註18〕。

托瑪隨著隊伍走過碼頭。隨後的拉升鏡頭，爲
的是在全景中出現米哈伊船長的 724 號船。

〔註18〕　很少會有人想到，英雄的背後有著破碎的家庭、殘缺的身體、死亡的戰友。
　　　　也許有的大人想到了，但我等小孩沒聽說過。這個問題迄今還有現實意義，
　　　　譬如總有人在網上嚷嚷著要把多少個導彈扔到臺灣或日本去。說這話的人最
　　　　好先獨自上街找個犯罪分子打一架，然後再回來說敢不敢打仗和怎麼打的事。

碼頭廣播喇叭傳出的調度員的聲音，音質和語調完全對應於 1960 年代以後的大陸廣播風格。　調度室裏的女打字員形象，更與大陸電影中「美蔣」女特務、女秘書等「壞女人」形象吻合。

托瑪自稱當過水手，如願被米哈依船長挑中。去船上去的路上他差點兒被吊車搬運的貨物打死，幸虧米哈伊救了他。

　　現在人們意識到，影片對戰爭中人的命運的關注大於戰爭本身，女人命運的關注，大於對男性的關注，更大於對男黨員的關注〔註19〕。從這個意義上來說，《多瑙河之波》多少消解、顛覆了譯製當局在意識形態層面上對「人民」、戰爭以及「人民戰爭」的迷信、培養和教育意圖，暗中滋潤和培育了人道主義的人文關懷。至少，讓觀眾看到了戰爭殘酷的一面。而戰爭的殘酷性，在 1949 年以後的大陸電影中，不僅早就被勝利者的狂歡屏蔽、消解，有的甚至充滿喜感〔註20〕。

〔註19〕 也就是說，最讓人們牽腸掛肚的，是安娜的命運和生活。我當時看這個電影的時候應該是七、八歲，雖然看不懂男女之間的事情，但是當影片結束的時候，我覺得最不能接受的是她穿著露出大腿的裙子站在一片廢墟當中的景象：部隊走過去了，剩下的是一片荒涼。這個阿姨以後怎麼辦呢？還帶著個別人家的小孩。按照當時一些觀眾庸俗的理解，她嫁給托瑪算了。可托瑪大叔還要打仗，下一場戰鬥以後，他可能就是又一個米哈伊船長……。
〔註20〕 譬如拍攝於 1960 年代初期，但在「文革」期間熱映的《地雷戰》和《地道戰》。

丙、精神世界的投射和物質生活條件的比照

子、忠誠和愛情觀念

由於《多瑙河之波》的人物魅力，遠遠超越了要灌輸給觀眾的意識形態理念，因此，就對後者形成一定程度上的消解，譬如忠誠觀念。1949 年後的大陸電影，往往只有一種忠誠，那就是對黨和組織或領袖無條件的服從。《多瑙河之波》中並不缺乏這樣的指涉和表現，譬如托瑪對他的上級就是如此。但與此同時，至少還有其他兩種超越意識形態理念的忠誠。第一是男人之間的，托瑪忠誠於他的事業，而米哈依船長後來不僅理解和信任托瑪，還爲他們之間的忠誠犧牲了性命。正是基於這種信任和友情，米哈伊才在臨死前將安娜託付給托瑪。第二是男女之間的，尤其是女人對男人的忠誠。

夜裏安娜偶然發現托瑪行爲詭異，跟蹤到他住的艙室，才發現是偷拿了德國人的槍支彈藥。隨後趕到的船長以爲兩人偷情，便大打出手。由於這件事恰好發生在托瑪不顧安危排除水雷之後，所以船長自然而然地以爲，是托瑪更男人的氣概吸引了安娜。這符合人物的心理邏輯，因爲安娜和船長的結合本身就是英雄加美人的標配。所以當另外一個英雄出現的時候，難免會引發美人、尤其是「前輩」英雄的心理波動。世上英雄與美人的結合本是常理，兩者相見無動於衷甚至相互排斥就有反人性的嫌疑了。兩個男人間的這場誤解和誤解的消弭，反過來又成爲彼此忠誠的基礎，這是影片深諳人性的地方。

托瑪主動幫安娜打水，這個動作安排有對女性尊重的一面，也有盡快熟悉「工作」環境的需要。

妻子服侍丈夫吃飯的場景中國人倒不陌生，但「文革」期間，餐桌上的豐富內容卻難得一見。

這兩部影片表現出的神話般的境界，甚至讓許多觀眾尤其是青少年熱切希望戰爭的到來：讓鬼子來吧，咱只需要在家門口、街道邊挖好坑埋好地雷貓進地道等著，剩下的，就是出來搶他們丟下的步槍、鋼盔和水壺了……這是以小孩子撒尿和泥過家家的態度和思維來對待戰爭的反歷史主義的態度。

　　同時期的大陸電影，往往將人際關係的忠誠專一指向「革命事業」而忽略了個人情感。就男女之間的忠誠而言，又引發一個問題，那就是什麼是愛情？愛情本身與人類的存在一樣古老，但在1949年以後、尤其是「文革」期間，愛情在大陸電影中不僅稀缺，而且逐漸成爲一個公開的禁忌。事實上，那時的文藝作品基本上抹殺、否認愛情的存在，尤其是戰爭期間的愛情。即使孤男寡女同處一室，夜以繼日有年，也是爲了「革命事業」而無其他。

「文革」期間，這種胸部飽滿性感的女性形象，觀眾只有在羅馬尼亞電影中才可以安全審視。

安娜給托瑪做好飯後跟他聊天兒，對這個自稱以前是「水手」的「小偷」很是好奇。

美麗的多瑙河。不平靜的心。戰爭。男人和女人。

彪悍、英俊的船長，還有他那嫵媚、忠貞的女人。

　　譬如就在《多瑙河之波》出品的同一年，大陸拍攝了《戰火中的青春》。一個少女女扮男裝加入戰鬥部隊，和排長朝夕相處，負傷後做手術時才被發現是女性。影片結尾時男女主人公在行軍路上相遇告別，男的送給女的一把繳獲來的日軍軍刀，寓意是鼓勵她奮勇殺敵。其實這部影片依據的陸柱國的小說《踏平東海萬頃浪》當中，不乏男女主人公情感波動的描述，但在電影

中除此之外便了無痕迹。就此而言，《多瑙河之波》反倒填補了大陸民眾對於
愛情在藝術表達上的空白，從而啓迪了國人「蒙昧」的思想感情。

譬如就夫妻關係而言，無論米哈伊船長多麼強勢甚至凶蠻，但在安娜眼裏
他實際上始終是一個大男孩而已；而不論安娜的實際年齡有多小，婚姻生活中
她實際上是扮演了一個小媽媽的角色。從人類情愛心理學的角度而言，這種「黃
金搭檔」實際上是所有夫妻關係概括與總和，反映的是人類的一種天性〔註21〕。

按說安娜的裝束是歐洲 1940 年代中期的風格，可 1970 年代的大陸已經看不到
類似衣飾和敢於穿著的女性了。倒是托瑪穿的海魂衫和船長那樣的制服，直到
1980 年代還是滿大街都是。實際上，類似可以體現腰身和女性曲線美的服飾，
在 1950 年代的大陸電影中已經成爲壞女人，譬如美女特務的專有服飾，海燕電
影製片廠 1957 年出品的《羊城暗哨》就是如此。（見下圖）

即使有人種差異和黑色服裝的視覺收斂效果，「美蔣女特務」的胸圍也並不比安
娜遜色多少。後一個機位同樣也是出於醜化壞女人的考量，但卻無意間凸顯了
成熟女性那豐厚飽滿的臀部線條。

〔註21〕 哪怕是七、八十歲的老男人，可能玩遊戲照樣玩得興高采烈甚至廢寢忘食，
這都是性別本能決定的。當然女生也不都是願意扮演賢妻良母，但前提是對
方肯演大哥和老爸的角色——正常情況下，婚姻中的男女都是一身同時扮演
多種角色乃至互換。

724號貨船裝滿了德國人的軍火。托瑪之所以來到這條船上，就是爲了把這些武器弄到手。同伴假扮成裝運工，偷偷告訴托瑪如何識別裝機槍和子彈的箱子，以及在什麼地方轉交武器。

這是兩個被派到船上押運軍火的德國兵，敵意和兇惡同樣是他們的隨身裝備。

想到船上有德國兵，而且安娜明天就得離開船上岸去，米哈依船長十分傷感。

　　更重要的是，這對男女的似火激情和生死之戀，啓發了「文革」期間被屏蔽已久的異性審美觀念。譬如安娜的豐乳肥臀和性感大腿，以及充滿女性柔媚的心理氣質，不僅是所有觀眾眼前閃亮的「壯麗」景觀，也是所有大陸電影中，女性「正面形象」從來沒有的——她們的體貌特徵和行爲意識與男人幾乎沒什麼區別，不過是略具外在女性特徵的男人。性愛從來都是愛情的基礎，這與階級性和民族性無關而只與性道德有關；愛情只有看到的和看不到的，這與觀眾的視力好壞無關，而只與時代的蒙昧與否有關。既不幸又幸運的是，《多瑙河之波》在大陸生逢其時、功德無量。

米哈依給安娜買好了火車票。令觀眾驚喜的是，票的形狀
和質地與 1990 年代前中國大陸的一模一樣。

由於盟軍的突然空襲，安娜來不及上岸，只能待在船上。724 號船迅速出港，以躲
避轟炸。另一條船被炸毀，托瑪跳下水，將船上幸存的小男孩救回到 724 號船上。

丑、物質生活條件的對應和不對應

「文革」的社會性標識之一，就是物質生活和精神生活的雙重匱乏及其
疊加後的惡劣效應。物質匱乏與生產力低下沒有直接關係，而是意識形態掌
控下「計劃經濟」即經濟長期畸形壟斷後的結果。當年民眾生活窘迫，物質
供應稀缺，稀缺到什麼東西都要憑票「供應」和購買，包括火柴。即使一個
燒餅，除了付錢還要有糧票才能吃到嘴裏。因為影片的絕大部分生活空間局
限於船上生活，因此反映的是「二戰」時期羅馬尼亞民眾的局部生活景象。
但即便如此，它也與當時觀眾的物質生活產生強烈的比對效應。換句話說，
影片公映的 1960～1970 年代，大陸的物質生活條件還未必能達到羅馬尼亞戰
爭時期即 1940 年代的生活水準。

這就是「文革」期間大陸發行的「火柴票」，使用地區分別是內蒙古的包頭、遼寧的大連和湖北省的襄樊，這可都是當時的中等城市——其他「小地方」的物資供應情況可想而知〔註22〕。

蘋果。這是托瑪混進囚犯隊伍的道具。組織上安排人在囚犯們路過時故意撞翻街邊兒的水果攤兒，於是托瑪和眾囚犯一擁而上撿拾蘋果，然後一路嚼著被撞進隊伍成了犯人，這樣才有後來被挑到貨船上當水手的情節。撞翻水果攤兒搶水果或上樹去偷，這場景在 1970 年代的中國大陸所在多見，只不過目的並不是爲了「幹革命」，眞就是爲了吃上一個半個水果〔註23〕。瓜果梨

〔註22〕 圖片來源：凱迪社區＞貓論天下＞貓眼看人〔灌水〕面值最小的票證，千奇百怪，五花八門，網址：http://club.kdnet.net/dispbbs.asp?id=8178456&boardid=1&page=2&uid=&usernames=&userids=&action=）。

〔註23〕 我上小學時是「文革」中後期，經常看到搶東西或偷東西吃的場景。過去城裏的水果攤兒很少，蘋果基本擺在國營商店裏面賣，偷的情況比較多。街頭拐角賣的更多的是叫「杏乾糖」的零嘴兒，將杏子和糖煮成醬，再攤開晾乾後切開，小半個火柴盒兒大、薄薄一片兒，賣一分錢兩塊兒。再奢侈一點的是糖葫蘆，好像是五分錢一串，貴，一般買不起。那時的孩子如果兜裏有五分錢的零花，那就算一富人。學校「春遊」的時候一般也就帶個五分一毛的；要是有兩毛錢以上主兒，那就是一不折不扣的大款，冰棍兒可以買奶油的了，還能買兩瓶五分錢一瓶兒的汽水。顧長衛導演的《孔雀》（2005），時代背景基本上就是在這個時期，其中有個細節：弟弟借給姐姐兩塊錢，姐姐就感嘆説：「你眞有錢啊，簡直像個資本家」。
那時除了高級幹部，民眾的物質生活極爲貧困，不是今天的學生們可以想見的。剛才課間休息，我到樓道里打水泡茶，看到一同學一手拿一蘋果在泡咖啡。我説你很奢侈呀。其實我只是隨口一説，結果學生很不滿，回我一句：「這也叫奢侈嗎？」我只好説你是沒吃早飯吧？學生不屑地説：「減肥。每天早上一杯咖啡、一個蘋果」。三十年前把你按倒在地打上三遍，你也想不到大陸民眾有一天會喝上咖啡，而且還是每天一杯。因爲當時覺得咖啡都是與中國毫無關係的東西，外國人才喝，尤其是資產階級。而能有個蘋果吃也算是奢侈行爲了。所以直到 1980 年代初期，我大學畢業工作掙錢以後還保持著吃蘋果皮的習慣——要是單獨放在一個盤子裏吃，感覺會更好。周圍很多人也都這麼做，只不過並非完全是出於健康考慮，而是由於窮怕了、餓怕了以後形成的習慣。

桃本是北方常見的普通東西,何以在「文革」前後成為日常生活中的奢侈品?你問問「文革」時期長大的男人,是買蘋果的時候多,還是以這種方式吃到的多?直到 1980 年代,許多人還保持著吃蘋果不削皮的習慣,擦一擦就擱嘴裏了——吃不飽的時候哪來那麼多「窮講究」?

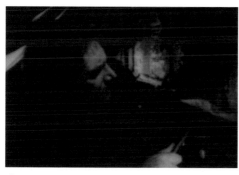

夜裏,托瑪悄悄地撬開軍火箱,偷出許多槍支彈藥。這情景,當年讓許多青少年觀眾熱血沸騰、心馳神往。

押運的德國兵不允許安娜和小男孩上岸,這更激起了米哈依船長的怒火,發誓要報復。

船長把自己的呢制服剪短給孩子穿。這個鏡頭讓觀眾無比震驚,因為當時大陸衣料極為短缺。

小男孩說他看見江裏有條大魚——其實那是水雷。一個押運的德國兵見勢不妙,跳水逃離。

香煙。米哈伊船長始終煙不離口,一直到他死,還讓小孩子幫他找根煙來抽。抽煙是中國 1949 年前後常見的文化現象,但只有在 1960 年代才呈現出社會性和規模效應。1950 年代末期,由於將土地全部收歸「國有」的「人民公社」運動、「超英趕美」的「大躍進」,大陸經濟瀕臨崩潰,消費低迷。當局號召刺激消費,其中一條就是鼓勵吸煙,商店甚至將一盒香煙拆散零賣。1960 年代的山東濟南街頭,甚至有將一隻香煙分成三截零售的奇觀:在香煙上畫兩條橫線,三個顧客依次吸食一節兒。當時的每個省,甚至大一點的城

市都有自己的捲煙廠和地方品牌。許多人尤其是受過高等教育的人原本不吸煙，但爲了響應號召，便開始學著抽煙。到1970年代，大陸民眾吸煙率極高，不抽煙的倒成了少數例外。以至於爲客人拿火點煙，都成爲家長教育孩子「懂禮貌」的一項內容〔註24〕。

〔註24〕 相對於生活必需品，香煙的價格比較貴。譬如那時的一斤醬油是一毛一分錢，醋是一毛三，(奇怪的是，叫「好醋」的是這個價，還有一種叫「壞醋」，只賣七分錢一斤。至今我也沒明白其中的區別和原因)。家父是1960屆人大的畢業生，大學的時候他並不會抽煙，但「爲了響應黨的號召」、促進消費，大家都努力學習抽煙；他是團支部書記，更得帶頭。我之所以記得當時醬油醋的價格，是因爲我四、五歲前後，每次上街去打醬油時都要順便替父親買一盒叫做「太陽」的紅殼香煙，一盒是兩毛二——正好是兩斤醬油的價。從這個事情可以推斷，家父當時的煙癮並不大。後來他煙不離手，是1970年前後被「下放」到「五‧七幹校」的時候。(1966年「文革」爆發後，根據毛的指示，當局指令各地各單位，將知識分子按軍隊編制集中發配到偏遠農村，一邊和農民一樣從事體力勞動，一邊整肅思想、接受「貧下中農」和「軍宣隊」的「再教育」，是謂「五‧七幹校」。直到1979年，「五‧七幹校」才被正式解散)。
1983年我大學畢業當教師，我所在的教研室黨支部書記一天要抽兩三包煙。聊天兒時他告訴我，他雖然也是農村出身的大學生，但原來也根本不抽煙；也是上了大學後響應黨的號召才開始拼命抽煙的。所以，到了「文革」時期，抽煙成爲一種普遍的社會現象，尤其是男生，早早就開始抽煙。抽煙成爲男人氣概或者成人的一種象徵，正好和青春期的逆反心理同步。譬如《陽光燦爛的日子》當中，連女生都抽煙。不抽煙的男生很少，常被同伴看作沒有男人氣，而沒有男人氣的男生，是要受到欺負的。
有人認爲，「文革」時期的香煙價格是和消費者的身份、等級相聯繫的。譬如「我與我的故事的博客（http://blog.sina.com.cn/wywdgsdbk6487）」作者有一篇配圖博文，題目是：《文革時期流行的關於抽煙的順口溜》，轉引如下：
「縣上官員長三分（帶海綿嘴）；鄉里領導兩邊分（大前門）；大隊幹部四腳奔（飛馬）；一般群眾抽八分（經濟牌）。

六角以上一包

三角四分一包

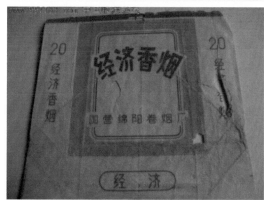

八分一包

二角九分一包

托瑪跳下水，輕輕地用手推著水雷，一
點一點將水雷慢慢引導到船尾，然後讓
它順流漂離，解除了危險。

另一個押運的德國兵對自己同伴的懦弱
行為感到非常生氣，開槍引爆了水雷將
其炸死。

　　皮箱和呢制服。安娜收拾好東西準備上岸時，碼頭上突然響起空襲警報，
德軍命令貨船立刻駛離港口。結果裝衣物的皮箱扔到了駁船上後，安娜人卻
走不了了。再一個，就是船長用剪刀把自己的呢子制服絞短了，給那個被救
起來的孤兒穿。每次電影放到這兩處，影院裏到處都是女人們不由自主的噴
噴聲。原因很簡單，皮箱太奢侈了。那時人們出門，布包袱和網兜是標配。
至於小孩，布衣服都不夠穿。民諺曰：「新三年，舊三年，縫縫補補又三年」，
連成人都是一身補丁衣服。印象中，只有偉大領袖的畫像上有呢子大衣，再
就是軍隊大院子弟們穿過父輩的將校呢舊軍裝。

　　喝湯和喝酒。安娜伺候船長吃飯，先盛湯來喝。（現在知道這是西餐的規
矩，後面才是正餐和甜點）。那時許多人以為國外的「好人」真窮，吃飯只有
湯喝，因為這正好與當時人們實際生活中「清湯寡水」生活水平相對應。「文
革」期間，人們見面時彼此最受用的恭維話就是誇對方長胖了，（如今很少有
人敢這麼說）。但那時的飯菜真沒有什麼油水，主食副食都不夠吃，城市居民
每家的糧油本上，一個月幾斤米麵、幾兩油是規定死了的，農民連這個也沒

什麼身份抽什麼煙，一點也不會亂套。因為一律憑批條供應，對號入座。親身經
歷，絕非謠言」。（以上圖文網址：http://blog.sina.com.cn/s/blog_afa0555d0101m wi
9.html）。
對以上圖文，我說明一下。記得「文革」時期，頂級品牌的香煙是紅色的
「大中華」，中檔的是「大前門」、「紅牡丹」等，但都不常見，一般幹部抽
不起。其他如「飛馬」、「千里山」之類的屬於中低檔。上述圖片中的第一
種煙「鳳凰」，是我1981年才見到的，印象中算是中檔煙。我27歲去上海
讀書之前，一直生活在內蒙古的呼和浩特市，當地的「青城」牌香煙一直
屬於中低檔次。

有，只能自己解決吃飯問題，所以街面上但凡見個胖子都稀奇〔註25〕。米哈伊船長一杯接一杯地喝酒倒著實令觀眾羨慕，大家心說那可是外國「老白乾」啊。後來鄧麗君的《美酒加咖啡》之所以風靡大陸，打通歷史記憶和藝術表現是根本原因之一。

托瑪在約定的地點，把偷來的軍火送給了等候在這裏游擊隊，然後接著又去偷拿更多的軍火。

托瑪讓安娜上岸去找游擊隊。米哈伊囑咐她，完事兒後到當初他們新婚時住的旅館等他。

米哈伊把剩下的那個德國兵踢到了河裏，回來後告訴托瑪和安娜：「他跟我說他不反對了」。

突然出現的德軍巡邏艇截住了 724 號船，準備用拖船拖走。托瑪命令米哈依船長動手反擊。

〔註25〕 我算是在省會城市裏長大的，和絕大多數人一樣，肚裏雖然也沒什麼油水，可太肥膩的東西還是不怎麼稀罕的。但18歲那年上的大學，是地處內蒙烏蘭察布盟的一個小城市，學校伙食很差，主食以粗糧（玉米麵）為主，菜基本上就是土豆粉條熬白菜，（土豆基本上是不削皮，一切兩半，直接丟到鍋裏和白菜幫子一起煮，圓白菜也是，一切四瓣丟到鍋裏面煮），根本沒什麼油水。葷菜是有，譬如燉肉，但吃不起，因為一份就要五毛錢。我念的是師範院校，政府每月發給伙食費21塊錢，你說誰敢這麼吃？結果寒假回家後，再碰見肉，甭管皮多厚肉多肥，就是一通風捲殘雲地狂吃猛嚼——這也吃不成胖子啊。

 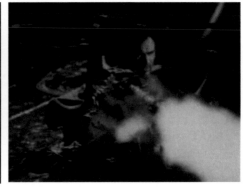

| 托瑪先用手槍殺死跳上船的德軍，然後用機槍掃射巡邏艇，米哈依船長命令他駕駛貨船靠岸。 | 與此同時，米哈依船長用另一挺機槍掃射德軍巡邏艇。雖然很快負傷，但依然堅持戰鬥。 |

丁、結語

　　《多瑙河之波》的音樂風格簡潔、自然，對主題的烘託和人物心理的刻畫令人印象深刻。譬如安娜要上岸的前夜，唱機播放的歌曲層層遞進，渲染著她和船長離別前的纏綿情緒；當托瑪被船長強令去掃雷的時候，唱機高速旋轉時失真的音效，外化了安娜內心的瘋狂和恐懼。德軍押解勞工往貨船上裝載軍火的時候，沉重單一的擊打節奏，將主觀感覺和客觀情景、畫面和音響自然地融爲一體，非常到位〔註26〕。

〔註26〕 回頭再想想大陸第五代導演的代表作《一個和八個》(1984)、《黃土地》(1984)和《紅高粱》(1987)，想想它的音樂配置，你突然間明白，能排除《多瑙河之波》這樣的外國電影對他們的影響嗎？所以，應該對第五代導演有個清醒的認識，那就是他們絕不是憑空跳出來的。剛才有同學問我如何看待現在大陸出產的新電影，我的建議是要稍微滲一滲（慎一慎），新的不見得就是好的，老的不見得就是差的，前女友不見得比現任差──不信拭目以待。對於新的東西不要太著急，總有人會衝在你前面，晚半拍有什麼關係？譬如一個並不見佳的電影上市，首映式居然要一百塊錢一張票──所以人們才眾口一詞，說是「等盜版光盤」。
有人介紹了《多瑙河之波》的主題曲，對此我不甚了然，只好把看到的資料轉抄給大家：「作者是 19 世紀末羅馬尼亞的作曲家揚·伊萬諾維奇……這部作品原是一首爲軍樂隊創作的吹奏樂圓舞曲，採用維也納圓舞曲的形式，演出後由於受到人們的歡迎，作曲家還把它改編成鋼琴曲。後來，這部作品在巴黎國際音樂比賽中獲獎……1902 年日本人將這部作品填了詞，堂而皇之地使這部羅馬尼亞作品搖身一變，竟成了名爲《朦朧月中春之夜》的日本歌曲。在我們看過的描寫日本早期內容的一些電影裏，經常出現這部作品的旋律，如《啊！野麥嶺》影片開始時的宮廷舞會，用的就是這首曲子。40 年代末期

　　影片樸素的鏡頭語言，在我看來類似白描，看似笨拙，譬如對切，今天看來依然並不落後。樸素的魅力是無窮的，就如同一個人有好身材，隨便穿什麼都會出效果〔註27〕。樸素並不等於沒有技巧，其實也是考量後的選擇性表現。譬如水雷的發現，就是讓坐在蹺蹺板上小孩子的發現並自然導入的：大人們站在甲板上，高度和視野自然相對有限；小孩兒被搖得高，當然就能夠看得遠——只不過他以為那是一條大魚。

　　《多瑙河之波》整體上憂鬱、緩慢的基調，與張弛有度的敘事方式有關。一個好電影，一定有一個心理能量逐漸積蓄的過程。譬如故事開始的時候，既要要言不煩，也要抻著節奏，絕對不能急，否則能量會被提前釋放，過後無從回味。《多瑙河之波》雖然體現的是羅馬尼亞或者歐洲的民族文化特色，但重要的是，它與「文革」期間大哭大笑、暴戾張揚的大陸文化底蘊，尤其是簡單說教、粗暴灌輸的電影模式形成鮮明對照，另一方面，又與當時大陸沉悶的日常生活節奏和了無生趣的社會文化相對應。

接到安娜的報告和聽到槍聲後，游擊隊趕到岸邊，用火力支援托瑪和米哈依船長。安娜聽到這邊越來越激烈的槍聲，跌跌撞撞地向貨船跑來。

　　（也就是德國和日本戰敗之後），羅馬尼亞拍攝了著名影片《喬松的故事》，也就是中國觀眾非常熟悉的《多瑙河之波》，將該曲作為主題曲，取名為《結婚紀念日之歌》，同時向世人揭示了這部作品的真實身份。至此，這部本應屬於羅馬尼亞民族的優秀作品才得以物歸原主」。參見：百度百科＞多瑙河之波，網址：http://baike.baidu.com/view/632070.htm。

〔註27〕看一部電影、讀一本書的時候，不要太計較它的技術或表現方式，這都是很次要的，本質內容最重要。形式的震撼性只出現在非常時期，譬如 1980 年代中期大陸第五代導演的代表作《黃土地》和《紅高粱》就是如此：大量的固定長鏡頭，把當時的觀眾看傻了：電影可以這樣拍嗎？（當然可以。誰告訴你電影不可以固定不動？）第六代導演繼承了這個風格，譬如賈樟柯的《站臺》。

德軍巡邏艇被打退了，托瑪在駕駛室高聲讓米哈依船長拋錨，以便讓游擊隊上船搬運軍火。米哈依船長身負重傷，但他還是硬撐著爬過去，完成了拋錨的動作——他與托瑪角色互換了。

　　1970年代的大陸觀眾，曾經私下裏用通俗易懂、朗朗上口的「段子」，總結和評價了當時一些「社會主義國家」電影的特徵。譬如，「阿爾巴尼亞（電影），莫名其妙；羅馬尼亞（電影），摟摟抱抱」。實際上，就影片中出現男女「摟摟抱抱」的特點而言，它既適用於蘇聯電影，譬如《列寧在十月》和《列寧在1918年》中瓦西里夫婦的「激情戲」，也適用於阿爾巴尼亞和羅馬尼亞的許多電影，畢竟，那是通行歐洲的民俗和禮節動作。

　　但當年的觀眾指出，「當時所有外國片中，羅馬尼亞電影在表現男女關係和親熱場面上比較大膽暴露。在中國當時極端禁慾主義盛行的年代，簡直是破天荒的。實際上這個評價主要是針對一部羅馬尼亞電影來說的，即《多瑙河之波》」〔註28〕。還有人回憶說：「羅馬尼亞電影以摟摟抱抱為特點是從《多瑙河之波》開始的，並被某些覺悟不高的群眾改為『多老婆之波』。由於我們受黨的教育多年，總覺得裏面的主人公不像一個革命戰士，帶著一個妖冶的女人去幹革命？這在我黨我軍的歷史上（或在我黨我軍電影上的歷史上）從來就沒有過！」〔註29〕

　　總的說來，即使《多瑙河之波》多少顯得有點兒「另類」，但並沒有超出「社會主義國家」意識形態話語體系。「文革」時期，大陸譯製和公映的羅馬尼亞電影還有《達吉亞人》（1970年譯製）、《勇敢的米哈依》（1972年譯製）、《我過去的朋友》（1973年譯製）、《爆炸》（1973年譯製）、《沉默的朋友》（1974年譯製）、《巴布什卡歷險記》（1975年譯製）、《潔白的道路》（1975年譯製）、

〔註28〕　見張悅整理：《70年代的譯製片：影像飢餓時代的饕餮盛宴》，轉引自：南方網（2005-02-03發佈），網址：http://www.southcn.com/ent/zhuanti2/film100/history/200509200546.htm，登錄時間〔2013-8-14-1時〕

〔註29〕　參見：http://www.xici.net/b354995/d24683763.htm。

《多瑙河三角洲的警報》（1976 年譯製）。影響最大的，除了《多瑙河之波》，
就是《爆炸》、《巴布什卡歷險記》和《多瑙河三角洲的警報》。

托瑪迎來了他的同伴，親自固定纜繩。他怎麼沒有向米哈依船長下這個命令？
他忘了他嗎？隊長命令大家迅速卸下軍火。隊長自然不會想到這裏還有個船
長，但托瑪怎麼會沒有提呢？

　　從內容上看，1977 年之前譯製引進的羅馬尼亞電影，與其他東歐社會主
義國家的電影幾乎雷同，即「打仗片兒」占絕大多數。但 1980 年代以後，羅
馬尼亞電影的主題思想，或者說，譯製片的內容和價值取向開始發生變化。
雖然還有《沸騰的生活》（1977 年譯製）這樣的「生活片」、《橡樹，十萬火急》
（1977 年譯製）這樣的「戰爭片」，以及《奇普里安‧波隆貝斯庫》（1978 年
譯製）這樣的「傳記片」，依然都產生了很大的社會影響，但大時代的變更，
畢竟讓「小時代」越來越顯得力不從心。因此，像尼古拉耶斯庫自編、自導、
自演的《復仇》（1978 年出品，1980 年譯製），以及《神秘的黃玫瑰》系列（1982
～1989 年譯製）這樣的「俠盜」和「警匪」題材影片便風靡一時。

托瑪和游擊隊忙著搬運軍火的時候，只有小男孩爬到米哈伊船長身邊，問他是
不是睡著了。米哈依船長翻過身來，聽到眾人一邊卸軍火，一邊議論著槍支彈
藥的種類和型號的說話聲。

船長歎口氣躺下去，請小男孩從他的褲子口袋裏拿支煙來。這場戲與安娜的結局有內在關聯。小男孩學著大人的樣子，熟練地用舌頭把捲煙從頭到尾舔一下，這樣的話，抽起來口感更好。

　　這種政策上的「微調」舉措，不僅是大陸觀眾興趣的改變，意識形態的淡化是最根本的原因。但從感情上說，無論是官方還是民間，對同屬於「東歐社會主義國家」的阿爾巴尼亞、羅馬尼亞和南斯拉夫，「遠近親疏」之別非常明顯。譬如直到 1989 年「蘇東巨變」、「陣營」瓦解後，大陸還在當年和次年，先後譯製、公映了羅馬尼亞的《神秘的黃玫瑰・藍寶石項鏈》和南斯拉夫的《薩拉熱窩謀殺事件》。現在看來，這種行為更像是對以往「輝煌歷史」和情感記憶的「謝幕」之舉。

船長就著小男孩點燃的火柴，抽了一口煙。然後讓孩子去叫托馬叔叔來一下。他有話要說。托瑪問船長，你受傷了？米哈伊回答說：沒時間了，安娜是個好姑娘，你好好地……照顧她。

　　1990 年代以後，「東歐社會主義國家」的電影徹底退出了大陸觀眾的視野。一晃，二十年過去了，除了像我這樣「因循守舊」、沉溺於以往「情懷」的中老年「族群」，新一代社會主體成員和新興資產階級或新興階層，早已不

知那些激動人心的「東歐社會主義國家」電影為何物。甚至，可能連這些國家自身也處於同樣的「遺忘」和「被遺忘」狀態，只不過程度的深淺有所不同而已。畢竟，無論是東亞大陸還是歐羅巴，地理風貌雖說大體依舊，但人文景觀已然徹底改觀，往日不再。

羅馬尼亞反攻德軍的炮火映亮了夜空。米哈依船長掛念著他最親愛的女人，死在了戰友面前。而在岸上的安娜卻在炮火紛飛的戰場上四處打聽、尋找她的米哈依，還有他們的朋友托瑪。

然而，每個時代都有屬於自己時代的影像記憶。《多瑙河之波》既是那個時代的代表作，也是它在歐亞大陸文化跨時空存在交融的見證。真正的英雄，是米哈依船長這樣的男人、安娜那樣的女人。因為，一個民族的自由、獨立和解放，依靠的就是這些默默犧牲的無名英雄。他們可能沒有組織，但有行動，可能沒有地位，但寫就了歷史，可能不被歌頌，但始終存在。

再見，我的船長、我的偶像，你充滿雄性的力量，始終鼓舞著我內心深處的希望。我相信，許多暗夜獨行的人們，應該還能聽見你的聲音從不遠處高聲傳來：

「跟著我，你用不著害怕」。

城市解放了，米哈依船長和安娜新婚時住的旅館也成了廢墟。這更像給安娜安排的主觀鏡頭。托瑪來找安娜，可是沒有找到。或者說，兩個人都沒有找到對方。

第二天，在慶祝勝利的遊行隊伍中，安娜發現了托瑪。安娜高聲問他：托瑪，米哈伊在哪兒？人們沒有看到托瑪和安娜相聚一起的鏡頭。此時在安娜和觀眾眼裏，到處是歡呼的人群。

戊、多餘的話

子、文本閱讀與接受語境

歷史是由勝利者書寫的。羅馬尼亞有權力書寫自己的歷史，更有權力確定誰是男一號、誰又當男二號。包括《多瑙河之波》在內的眾多社會主義國家電影的引進和譯製，一個直接的和重要的原因是它迎合了當時大陸社會對戰爭的期待甚至是渴望的心理，尤其是「文革」期間正處於青少年階段的五零後。譬如根據王朔小說改編的電影《陽光燦爛的日子》，主人公的那段獨白最能說明問題：「我最大的幻想便是中蘇開戰。因為我堅信，在新的一場世界大戰中，我軍的鐵拳定會把蘇美兩國的戰爭機器砸得粉碎。一名舉世矚目的戰爭英雄將由此誕生，那就是我」（2 分 15 秒～2 分 33 秒）。

作為出生於中小城市的六零後，我就覺得自己沒有北京青年這種政治智慧。譬如當年看《多瑙河之波》時，最吸引我和小夥伴們的，無非是夢想可以像托瑪那樣弄到好多槍。手槍是肯定要有的，更過癮的是輕機槍和重機槍，一樣一挺──剩下的當然都會交給游擊隊。今天我來講這個片子的路上，開出租的是七零後的司機，我問他成長過程中印象最深的電影是什麼？答曰《解放石家莊》，因為他是河北人；我說你再想想，外國的也算。結果他回答說：《地道戰》和《地雷戰》。

安娜站在觀看軍隊開拔的民眾中間。她見過他了嗎？她的男人把她託付給他，
他能做到嗎？這是一個對應鏡頭。托瑪曾經告訴過米哈依船長夫婦，他的妻子
早已死於戰火。現在……

丑、船長和杜丘

1977 年以後，也就是大陸所說的「改革開放」時期開始後，一批日本電
影進入影院公映。其中，高倉健先後在《追捕》(1976)、《幸福的黃手帕》
(1977)、《遠山的呼喚》(1981) 等影片中飾演「硬漢」形象、展示「鐵漢柔
情」魅力，獲得民眾一波高過一波、如癡如醉的狂熱追捧，許多女觀眾無論
年紀大小，但凡稍解風情者無不心蕩神搖。但稍加回顧就會發現，「文革」時
期熱映的《多瑙河之波》中，雄性無比的米哈依船長是高倉健，或者說，是
杜丘得以「崛起」的鋪墊。相信追捧更多的，是男性青少年們。

米哈依船長之所以很快被大陸觀眾逐漸「遺忘」，大的原因，是社會主義國
家的電影當時正逐步淡出大陸社會視野；小的原因，是附著在他身上的意識形
態色澤，開始被東洋社會和平時期與經濟發展時代的反腐英雄光環所替代。還
有一個隱形的、但卻也是不容忽視的原因。那就是，雖說同屬於雄性十足的英
雄形象，但畢竟，米哈伊是霸氣外露的白種人，高倉健和觀眾說到底都是隱忍
有加的黃種人。體質不一，氣質有別，「非我族類」哈。當然，米哈伊船長被遺
忘還有一個原因，那就是熱愛他的觀眾已然步入中老年，正在逐漸失去話語權。

托瑪中尉一身戎裝，威武地帶領著他的士兵列隊走過大街。觀眾揪心的是，他
看見安娜了嗎？走在最前面的，是那個既不會用吊桶打水也不會用拖布清洗甲
板的「水手」嗎？你還會回來嗎？

寅、《多瑙河之波》是刪節版嗎？

　　這個問題與日本電影有關。前兩年後我才偶然發現，三十多年前大陸公映的日本影片《追捕》竟然是刪節版，諸多場景尤其是露點鏡頭在公映時全被剪掉，《望鄉》（1974 年出品，1978 年公映）、《人證》（1977 年出品，1979年公映）等也是如此〔註 30〕。此次檢索《多瑙河之波》的時長，手頭的兩個 VCD 版本皆爲 99 分 04 秒，（因爲還有 VCD 生產廠家的標識段落）。而通過查找外文數據顯示，《多瑙河之波》（Valurile Dunarii）的時長爲 102 分鐘〔註 31〕。考慮到外國電影一般都會有很長的篇幅用於播放片尾的「演職員表」，因此，譯製此片時刪掉鏡頭可能會有，但不會太多——因爲原片可能就自行刪節一些。原因無他，意識形態的限定而已。

無數男人組成隊列向遠方走去。安娜是站在歡送人群中的一個，她想到和看見了什麼？時間過去很久了，如果活著的人忘記了那些死去的同伴，那他們將一同生活在同一種黑暗中。

卯、「生活在別處」

　　這是欣賞文藝作品時要注意的常識之一，也是一般人容易發生的誤區。譬如總覺得夢想是在未來，那個他或她在將來，而且一定會碰見「我」；再如，「將來」「我」怎麼樣、「咱們」到「那時候」會如何，卻常常忽略了當下。《多瑙河之波》結尾處，托瑪雄赳赳帶著部隊走了，也把那一代青少年的心帶走了。當時但凡稍知人事者，雖說不無懵懂，但誰沒有想像和渴望過，像托瑪

〔註 30〕　這一段落中提到的日本電影實際上絕大多數在譯製公映時都被刪節。此外，我對這些影片的個案讀解工作基本完成，但絕大多數論文沒有能公開發表，敬請關注。

〔註 31〕　請對比參見如下網址：

　　　　1、http://www.laweekly.com/movies/the-danube-waves-valurile-dunarii-1555587/；

　　　　2、http://www.westword.com/movies/the-danube-waves-valurile-dunarii-2048241/；

　　　　3、http://www.cinemagia.ro/filme/valurile-dunarii-3373/XXXX。

一樣，既有一段英雄事迹，身後還有一個哀怨的美少婦苦苦等待？我走了，等著我吧，有一天，也許我會回來。應該說，這是這部影片給當時青少年留下的最大的懸念。問題是，二十年、三十年轉眼過去，當白髮惡毒地爬上鬢角，你會驚恐地發現，除了老去，生活中似乎已經沒有什麼可等待的了。

辰、延伸讀片（按譯製時間排序，黑體標出的爲產生重大影響的影片）

1、《達吉亞人》，1967 年出品，長春電影製片廠 1970 年譯製；

2、**《勇敢的米哈依》**，1971 年出品，長春電影製片廠 1972 年譯製；

3、《爆炸》，1972 年出品，北京電影製片廠 1973 年 11 月譯製；

4、《巴布什卡歷險記》，1973 年出品，長春電影製片廠 1975 年譯製；

5、《多瑙河三角洲的警報》，1975 年出品，長春電影製片廠 1976 年譯製；

6、《斯特凡大公》，1974 年出品，長春電影製片廠 1976 年譯製；

7、**《沸騰的生活》**，1976 年出品，北京電影製片廠 1977 年譯製；

8、《橡樹，十萬火急》，1973 年出品，上海電影譯製片廠 1977 年譯製；

9、《奇普里安·波隆貝斯庫》，1972 年出品，長春電影製片廠 1978 年譯製；

10、《復仇》，1978 年出品，上海電影譯製片廠 1980 年譯製；

11、《雨夜奇案》，1978 年出品，長春電影製片廠 1980 年譯製；

12、**《神秘的黃玫瑰》**系列續集 2：《神秘的黃玫瑰》，上海電影譯製片廠 1984 年譯製〔註32〕。

〔註32〕 本章收入本書前，除了**經典臺詞**和戊、**多餘的話**之外，文字部分約 9000 字曾以《羅馬尼亞電影的雄性展示與中國大陸的民間讀解——以「文革」期間公映的〈多瑙河之波〉（1959）爲例》爲題，於 2014 年年中與嚴玲共同署名向外投稿，當年年底接獲編輯部採用通知，云將刊發於《北京電影學院學報》2015 年第 1 期。正文和**註釋**中的黑體字部分，均爲發表前自行刪去的段落。特此申明並將**英文摘要**一同附後供讀者比較批判。

The Display of Masculinity in Romanian Film and Its Interpretation in Chinese Mainland: Valurile Dunarii in the Cultural Revolution in 1959
Abstract: Both China and Romania are socialist countries，and share the same ideological discourse construction. The most touching characters in *Valurile Dunarii*, however, are nonmembers of Communist Party. Aggressive and masculine quality of Captain Mihai educated Chinese adolescents what was manly in 1970s. Sexy and gentle image of Captain's wife Ana objectively filled in the blank that there wasn't any feminine woman on Chinese mainland screens. The film partly reflects the Romanians lives in the war, contrasted with mainland Chinese lives in Cultural Revolution. The film's core value remains realistic significance for the present China even after 50 years, and that is a person's fate is more than or equals to winning a war.

初稿時間：2005 年 5 月 24 日
初稿錄入：呂月華
二稿改定：2013 年 8 月 13 日～9 月 6 日
配圖時間：2013 年 8 月 11 日～16 日
校改修訂：2015 年 2 月 9 日～24 日

Key words: Romania; old films abroad; *Valurile Dunarii*; Cultural Revolution; dubbed film

《看不見的戰線》(1965)：「一個戲要是過分誇張就失去了真實性」——朝鮮電影的意識形態與中國大陸社會的生態對應

閱讀指要：

　　凡是經歷過 1970 年代的大陸民眾，有誰沒看過朝鮮電影？即使不是從那個時代走過來，或者沒看過朝鮮電影，但有誰不知道朝鮮這個國家——怎麼跟中國大陸那麼像，或者又不那麼像？和所有的外國電影一樣，那個年代公映的朝鮮電影，不僅是大陸社會窺視外部世界的唯一窗口，也是構成民眾文化生活和精神世界最強烈的底色之一。那些經典臺詞、那些畫面和場景，甚至那些人物的行為意識、語言、服裝，多少年來，雖然已經開始慢慢淡出民眾的記憶，但是，它們不僅歷史性地長期存在著，而且更曾經與中國大陸產生過全方位的意識形態共振和社會生態的共鳴。《看不見的戰線》就是其中一個例證，證明著中、朝兩黨在政治生態和世俗生活上曾經有過的高度一致之處。

關鍵詞：朝鮮電影；政治生態；社會生態；政治賤民；《看不見的戰線》；

專業鏈接 1：《看不見的戰線》（故事片，黑白），朝鮮，1965 年出品，長春電影製片廠 1970 年譯製。VCD（雙碟）時長：108 分鐘。

　　>>> 編劇：李長松；導演：閔正植。

　　>>> 主要人物：

　　　　　安全部少校馬國哲（車繼龍飾演，配音：劉健魁）、瞎眼大嫂崔德實（崔藝扇飾演，配音：白玫）、化名李春玉的潛伏女特務宋京子（趙曉貞飾演，配音：向雋殊）、李春玉丈夫朴成律（李元根飾演，配音：馬靜圖）、李春玉的哥哥宋德寶（林道原飾演，配音：陳光廷）、老狐狸裴明奎（黃敏飾演：配音：張衝霄）、藥劑師許一（金得善飾演，配音：趙雙城）。

專業鏈接 2：原片中文片頭、演職員表及片尾字幕（標點符號爲錄入者添加）

　　片頭字幕：

　　朝鮮藝術電影製片廠 1965 年出品。《看不見的戰線》。

　　片尾字幕：

　　長春電影製片廠 1970 年譯製。〔註 1〕

〔註 1〕 這是 VCD 版本的片頭片尾字幕，缺少演職員和譯製職員表。推測很可能是 VCD 出品廠商偷工減料的結果。根據網上提供的影片視頻（視頻鏈接地址：http://v.youku.com/v_show/id_XNDM0NjcyNzY0.html），原片的相關信息如下：

片頭字幕：

　　朝鮮藝術電影製片廠 1965 年出品。長春電影製片廠 1970 年譯製。看不見的戰線。

　　編劇：李長松；導演：功勳演員 閔正植；攝影：洪元日；美術：李道益；作曲：朴容弼、金英奎；錄音：太億俊；

　　演奏：朝鮮藝術電影製片廠交響樂隊；指揮：洪承學；製片：金增淑；

　　演員表：馬國哲…功勳演員 車繼龍（配音 劉健魁），安全部長…功勳演員 沈榮（配音 史可夫），朴日男…韓文甲，崔德實…崔藝扇（配音 白玫），朴順善…全純玉（配音 陸小雅），尹正哲…金鐘哲，許一…金得善（配音 趙雙城）；李春玉…功勳演員 趙曉貞，裴明奎…黃敏（配音 張衝霄），朴成律…李元根（配音 馬靜圖），宋德寶…林道原。

片尾字幕：

　　完。

　　另外，百度百科（http://baike.baidu.com/view/2048442.htm?fr=ala0_1）還補充了其他三位配音演員信息：龍珠岳父…浦克，大嬸…李鏵，華依卡爾…陳光廷。

　　　　　　　　　　　（注：以上文字中的標點符號位均爲整理者自行加注）

經典臺詞：

「你想找死啊！」──「呵呵，勞駕捎個腳吧」。

「目前我們美國很困難吶。現在，日本、南朝鮮、多米尼加、越南，這些國家的局勢都很嚴重。我們要在世界各處展開一種特殊的戰爭，你明白嗎？」

「OB 派去了新的聯絡員，華里考爾又重新廣播他的節目了」──「OB？不就是那個老狐狸的代號嗎？」

「您要點兒什麼？」──「給我來點兒熱乎的」。

「我不能肯定火就是崔德實放的，可她丈夫當偽治安隊的時候，曾經參與屠殺咱們的愛國者。從這點看，就不是偶然的」。

「群眾反映他最近的情緒很低沉」。

「要瞭解一個人不是件容易的事，需要很長的時間吶」。

「順善是個很不錯的姑娘，雖然長得不怎麼漂亮，可她心地善良，性格開朗，就是有點兒好幻想」。

「大嫂是長工的女兒，又是佃戶的妻子，我們有什麼理由要懷疑你呢？黨是相信大嫂的」。

「少校，你看過這個嗎？這是街道和工廠開了各種會，群眾普遍地提高了警惕，反映出來的材料」。

「一個戲要是過分誇張就失去了真實性」。

「哎，老頭子，還不趕快上班去？又要遲到了。人家別人家的老頭子都能給起個早，可就你這老頭子就愛睡懶覺」。

「俗話說，姑爺是丈母娘的」。

「姑爺在化學工廠當化驗技師，女兒是千里馬商店的負責人。他們吶，都有自己的革命工作嘛」。

「有沒有一種方法，能把人的好眼睛給逐漸地弄瞎了？」──「這個一下子很難回答。據說，美國鬼子正在大力地研究這個，這對我們簡直是不可想像的！美國有個叫肯特意的醫生，他研究了一種辦法，可以把好人變成佝僂或癱瘓」。

「你拿的什麼書？」──「歌曲集」──「是什麼歌曲？」──「阿里拉」。

「這種日子我過夠了」──「我也不好過。可是，沒見輸贏不能下賭場！」

「你和春玉不是很要好嗎？我要是嫉妒，對我們都沒有好處。你要是愛她，我就讓給你。人生就是那麼回事兒」。

「一個人不能糊裏糊塗地活著呀，你看你現在成了什麼樣子了？被敵人俘虜了，陷進了泥坑，至今不能自拔，多危險吶」。

「準備執行第二號計劃，請立即回答。OB。」

「這是你們保存的金銀罐兒吧？你們保存這個，就是夢想回到舊社會。這只能證明你們是階級敵人，你們的特務活動也更證明了這一點」。

「好像我們在什麼地方見過面？」——「我不是此地人」。

「把槍拿出來！」——「哼，這真是天大的誤會，木匠要槍做什麼？槍是你們使用的傢夥」。

「先生，我是受這老傢夥的騙了，他毀了我的青春，先生！先生！」

「大嫂，你愉快地生活吧。敵人把我們看成是眼中疔肉中刺，我們一定要提高警惕呀！」

……。

以往影片人氣指數：★★★★☆

現今觀賞推薦指數：★★★☆☆

原圖片轉載者說明：「《老哥，再見……》：據說這是南北韓兩老兄弟的惜別場景。片中的兩位老人家，此次離別不知道何時才能重逢。一位在車上揮手，另一位則用袖子抹去眼淚，背後不知蘊含多少難以割捨的情感……」。〔註2〕

〔註2〕 圖片來自「極品人生」的博客（博客地址：http://blog.sina.com.cn/u/2500241001），
圖片網址：http://blog.sina.com.cn/s/blog_9506a6690101nvkp.html。

甲、中、朝關係與朝鮮電影的譯製

討論這個影片之前，不禁想起南北朝鮮雙方安排離散家屬見面的電視新聞畫面，每次給人的感覺都極其慘烈。道理很簡單，朝鮮戰爭爆發迄今 60 年了，就算是 10 年前安排見面，親人分別至少也有 50 年。所以鏡頭中的人無論男女，無不是白髮蒼蒼、老淚縱橫。假設父母和兒女分別的時候是 30 歲左右，到現在就 80 歲上下了，即使是同輩的兄弟姐妹互相見了這一面，恐怕也是來日無多。這真是人間慘劇，況且能被安排見到親屬的，畢竟比例上還是少數。這使我想到中國大陸海峽兩岸的親人相見，時間上就提早許多。記得是 1979 年，大陸發佈了改善兩岸關係的「葉九條」，之後兩岸可以輾轉通信，現在已經實現了事實上的「三通」。而南北朝鮮的狀況和關係到現在還處於分裂、緊張、對峙的緊張局面。

由於 1950～1953 年的「抗美援朝」——西方稱爲「朝鮮戰爭」/「韓戰」（Korea War）——的關係，朝鮮和中國大陸的關係就比較特殊。朝鮮電影 1952 年即被大陸譯製引進，至 1992 年爲止，現在能查到的譯製片共 94 部，時間跨度 40 年。其中，1950 年代（1952～1959）有 13 部，1960 年代（1960～1966）有 37 部，1970 年代（1970～1979）有 30 部，1980 年代（1980～1989）有 15 部，1990 年代（1991～1992）有 2 部〔註3〕。

〔註 3〕朝鮮電影譯製目錄（以譯製時間爲序排列）：
1、《少年游擊隊》，出品時間不詳，東北電影製片廠 1952 年譯製；
2、《重返前線》，出品時間不詳，東北電影製片廠 1952 年譯製；
3、《保衛家鄉》，出品時間不詳，東北電影製片廠 1953 年譯製；
4、《偵察兵》，朝鮮民主主義人民共和國國立電影製片廠 1953 年出品，東北電影製片廠 1954 年譯製；

5、《對空射擊組》，朝鮮民主主義人民共和國國立電影製片廠 1953 年出品，
　　東北電影製片廠 1954 年譯製；

6、《游擊隊的姑娘》，出品時間不詳，東北電影製片廠 1955 年譯製；

7、《新婚夫妻》，出品時間不詳，長春電影製片廠 1956 年譯製；

8、《祖國的女兒》，出品時間不詳，長春電影製片廠 1957 年譯製；

9、《為祖國而戰》，出品時間不詳，長春電影製片廠 1958 年譯製；

10、《漁郎川》，出品時間不詳，長春電影製片廠 1958 年譯製；

11、《分開怎麼活下去》，出品時間不詳，長春電影製片廠 1959 年譯製；

12、《她的道路》，出品時間不詳，長春電影製片廠 1959 年譯製；

13、《道路只有一條》，出品時間不詳，長春電影製片廠 1959 年譯製；

14、《九點正》，出品時間不詳，長春電影製片廠 1960 年譯製；

15、《要愛未來》，出品時間不詳，長春電影製片廠 1960 年譯製；

16、《團結之歌》，出品時間不詳，長春電影製片廠 1960 年譯製；

17、《金剛山姑娘》，朝鮮民主主義人民共和國藝術電影製片廠 1959 年出品，
　　長春電影製片廠 1960 年譯製；

18、《春香傳》，出品時間不詳，長春電影製片廠 1960 年譯製；

19、《鬥爭的序曲》，出品時間不詳，長春電影製片廠 1961 年譯製；

20、《一個婦女會員的故事》，出品時間不詳，長春電影製片廠 1961 年譯製；

21、《他活著》，出品時間不詳，長春電影製片廠 1961 年譯製；

22、《圖們江》（上集），出品時間不詳，長春電影製片廠 1961 年譯製；

23、《祖國的黎明》，出品時間不詳，長春電影製片廠 1961 年譯製；

24、《海鷗號船員》，出品時間不詳，長春電影製片廠 1962 年譯製；

25、《分界線上的鄉村》，出品時間不詳，長春電影製片廠 1962 年譯製；

26、《光明天使》，出品時間不詳，長春電影製片廠 1963 年譯製；

27、《新春》，出品時間不詳，長春電影製片廠 1963 年譯製；

28、《時代凱歌》，出品時間不詳，長春電影製片廠 1963 年譯製；

29、《工廠是我的大學》，出品時間不詳，長春電影製片廠 1963 年譯製；

30、《女教師》，出品時間不詳，長春電影製片廠 1963 年譯製；

31、《在敦化密林中》，出品時間不詳，長春電影製片廠 1963 年譯製；

32、《不要忘記敵人》，出品時間不詳，長春電影製片廠 1964 年譯製；

33、《紅色花朵》，出品時間不詳，長春電影製片廠 1964 年譯製；

34、《百日紅》，出品時間不詳，長春電影製片廠 1964 年譯製；

35、《1211 高地保衛者》，出品時間不詳，長春電影製片廠 1964 年譯製；

36、《恢復原名》，出品時間不詳，長春電影製片廠 1964 年譯製；

37、《新的一代》，出品時間不詳，長春電影製片廠 1964 年譯製；

38、《南江村的婦女們》，朝鮮二八電影製片廠 1964 年出品，長春電影製片廠
　　1965 年配音複製，1971 年公映；

39、《紡織女工》，出品時間不詳，長春電影製片廠 1965 年譯製；

40、《共青團員之歌》，出品時間不詳，長春電影製片廠 1965 年譯製；

41、《為勝利乾杯》，出品時間不詳，長春電影製片廠 1965 年譯製；

42、《小榮開始演奏了》，出品時間不詳，長春電影製片廠 1965 年譯製；

43、《游擊隊的布穀鳥》，出品時間不詳，長春電影製片廠 1965 年譯製；

44、《我的無限希望》，出品時間不詳，長春電影製片廠 1965 年譯製；

45、《大地的兒子》（一集），出品時間不詳，長春電影製片廠 1965 年譯製；

46、《大地的兒子》（二、三集），出品時間不詳，長春電影製片廠 1966 年譯製；

47、《一個戰士的故事》，出品時間不詳，長春電影製片廠 1966 年譯製；

48、《血海》（上下集），出品時間不詳，長春電影製片廠 1970 年譯製；

49、《看不見的戰線》，朝鮮藝術電影製片廠 1965 年出品，長春電影製片廠 1970 年譯製；

50、《一個自衛團員的遭遇》，出品時間不詳，長春電影製片廠 1971 年譯製；

51、《在鐵道線上》，出品時間不詳，長春電影製片廠 1971 年譯製；

52、《鮮花盛開的村莊》，朝鮮藝術電影製片廠 1970 年出品，長春電影製片廠 1971 年譯製；

53、《摘蘋果的時候》，朝鮮藝術電影製片廠 1971 年出品，長春電影製片廠 1971 年譯製；

54、《勞動家庭》（上下集），出品時間不詳，長春電影製片廠 1972 年譯製；

55、《賣花姑娘》（寬），朝鮮藝術電影製片廠 1972 年出品，長春電影製片廠 1972 年譯製；

56、《空中舞臺》，出品時間不詳，長春電影製片廠 1973 年譯製；

57、《賣花姑娘》（普），朝鮮藝術電影製片廠出品，出品時間不詳，長春電影製片廠 1973 年譯製；

58、《禿魯江畔之花》，出品時間不詳，長春電影製片廠 1973 年譯製；

59、《軋鋼工人》（寬），朝鮮藝術電影製片廠 1972 年出品，長春電影製片廠 1973 年譯製；

60、《原形畢露》，朝鮮二八電影製片廠 1970 年出品，長春電影製片廠 1973 年譯製；

61、《永生的戰士》，朝鮮二八電影製片廠 1973 年出品，長春電影製片廠 1973 年譯製；

62、《軋鋼工人》（普），朝鮮藝術電影製片廠 1972 年出品，長春電影製片廠 1973 年譯製；

63、《一個護士的故事》，朝鮮二八電影製片廠 1971 年出品，長春電影製片廠 1973 年譯製；

64、《延豐湖》，朝鮮藝術電影製片廠 1974 年出品，長春電影製片廠 1974 年譯製；

65、《爲了新的一代》，出品時間不詳，長春電影製片廠 1975 年譯製；

66、《金姬和銀姬的命運》，朝鮮二八電影製片廠 1974 年出品，長春電影製片廠 1975 年譯製；

67、《三妯娌》，出品時間不詳，長春電影製片廠 1975 年譯製；

68、《火車司機的兒子》，出品時間不詳，長春電影製片廠 1976 年譯製；

69、《礦山的主人》，出品時間不詳，長春電影製片廠 1976 年譯製；

70、《在燦爛的陽光下》，出品時間不詳，長春電影製片廠 1976 年譯製；

71、《高山之鷹》，出品時間不詳，長春電影製片廠 1976 年譯製；

72、《農民英雄》，出品時間不詳，長春電影製片廠 1977 年譯製；

　　從簡單的數據歸納中可以看到,1960～1970 年代,大陸譯製引進了 67 部朝鮮影片,占全部譯製影片的 60%左右,大陸觀眾比較熟悉的影片基本出自此一時期。譬如:

《1211 高地保衛者》(出品時間不詳,1964 年譯製)、《南江村的婦女們》(1964 年出品,1965 年譯製)、《看不見的在線》(1965 年出品,1970

73、《難忘的人》,出品時間不詳,長春電影製片廠 1977 年譯製;
74、《一個水兵的故事》,出品時間不詳,長春電影製片廠 1977 年譯製;
75、《高壓線》,出品時間不詳,長春電影製片廠 1978 年譯製;
76、《走向生活的道路》,出品時間不詳,長春電影製片廠 1979 年譯製;
77、《金剛山姑娘》,出品時間不詳,長春電影製片廠 1979 年譯製;
78、《春香傳》(上下集),出品時間不詳,長春電影製片廠 1980 年譯製;
79、《親骨肉》(上下集),出品時間不詳,長春電影製片廠 1981 年譯製;
80、《婚事風波》,出品時間不詳,長春電影製片廠 1982 年譯製;
81、《婆媳之間》,出品時間不詳,長春電影製片廠 1982 年譯製;
82、《無名英雄》(20 集),朝鮮藝術電影製片廠 1978～1981 年攝製,長春電影製片廠譯製片廠 1982 年譯製;
83、《沸流江的新傳說》,出品時間不詳,長春電影製片廠 1983 年譯製;
84、《不能受動的英雄》,出品時間不詳,長春電影製片廠 1983 年譯製;
85、《隨軍記者的手記》,朝鮮二八藝術電影製片廠 1982 年出品,長春電影製片廠 1984 年譯製;
86、《沒有回來的密使》,出品時間不詳,長春電影製片廠 1984 年譯製;
87、《決不後退》,出品時間不詳,長春電影製片廠 1984 年譯製;
88、《火紅的山脊》,出品時間不詳,長春電影製片廠 1986 年譯製;
89、《光洲的召喚》,長春電影製片廠 1987 年譯製;
90、《冰雪消融》,出品時間不詳,長春電影製片廠 1988 年譯製;
91、《神笛少俠洪吉童》,出品時間不詳,長春電影製片廠 1988 年譯製;
92、《桔梗花》,出品時間不詳,北京電影製片廠 1989 年譯製;
93、《他們的一天》,出品時間不詳,長春電影製片廠 1991 年譯製;
94、《雖然歲月流逝》,出品時間不詳,長春電影製片廠 1992 年譯製。

(以上片目收集與整理:朱洋洋)

年譯製）、《鮮花盛開的村莊》（1970 年出品，1971 年譯製）、《摘蘋果的時候》（1971 年出品，同年譯製）、《賣花姑娘》（1972 年出品，同年譯製）、《軋鋼工人》（1972 年出品，1973 年譯製）、《永生的戰士》（1973 年出品，同年譯製）、《原形畢露》（1970 年出品，1973 年譯製）、《一個護士的故事》（1971 年出品，1973 年譯製）、《延豐湖》（1974 年出品，同年譯製）、《金姬和銀姬的命運》（1974 年出品，1975 年譯製）、《火車司機的兒子》（出品時間不詳，1976 年譯製）等等。

　　1950 年代，朝鮮電影進入中國大陸之所以不多，其中一個重要原因是因爲，當時是中、蘇友好成爲「主旋律」的時期。作爲中共的「老大哥」，蘇聯在中國大陸自然處處優先，電影的譯製引進也不例外。實際上，當時的社會主義國家無不以蘇聯爲馬首是瞻，緊隨其後的是大批東歐社會主義國家電影的譯製引進。這樣，朝鮮電影就顯得相對較少。進入 1960 年代，中、蘇兩黨兩國開始從冷戰走向公開決裂，直至爆發邊境上的武裝衝突——就是 1969 年的「珍寶島事件」。正是從這時開始，朝鮮電影進入中國大陸的數量明顯增多，而且這種增長期持續到整個 1970 年代，《看不見的在線》就是這一時段的代表性產物之一。

　　電影譯製數量成倍增長背後的原因離不開意識形態的制約。中國大陸和北朝鮮雖然同屬於社會主義國家陣營，但從 1960 年代到 1970 年代，雙方的相互需要更爲迫切，也更有現實意義。北朝鮮既不想得罪蘇聯也不想得罪中國，因爲都想從兩方面得到好處（「援助」），而一方與「老大」叫板時，拉住一個「小兄弟」總是好的，顯得「人多力量大」。此時的中、朝關係和中、越類似。也就是說，南邊的越南（北越）和北邊的朝鮮，都是中、蘇兩大國積極爭取增強自己勢力的對象。表現在電影的譯製引進上，就是大陸在 1960～

1970 年代也開始增加譯製越南電影的數量。所以現在上了年紀的大陸民眾,但凡提到北朝鮮基本上都會想到當時的朝鮮電影,年輕一代譬如八零後,想到的都是韓國電影;至於越南電影,上了年紀的人看過的,都是北越電影,1990 年代以來的越南電影反倒知道的不多。這就是歷史的後遺症。

　　進入中國大陸的北朝鮮電影雖說很多,但大致上可以分為三類。首先就是戰爭題材,用這邊的話說就是以「抗美援朝」即「韓戰」為背景,代表作是《南疆村的婦女們》、《護士的日記》等。第二類是有關朝鮮民眾歷史和社會生活的影片,這一類其實還可以分出兩個類別,一個是反映在朝鮮勞動黨即共產黨掌控國家之前人民大眾悲慘生活處境的,代表作是《賣花姑娘》(有普通版和寬銀幕之分)、《永生的戰士》等;一個是歌頌勞動黨領袖及其領導下人民大眾的幸福美好生活,代表作是《鮮花盛開的村莊》、《摘蘋果的時候》等。第三類就是反特片,代表除了《看不見的戰線》,就是《原形畢露》、《軋鋼工人》,以及《金姬和銀姬的命運》,這類影片的主題,基本上是表現朝鮮黨和人民如何英勇機智地將潛伏的和派遣過來美、日、南朝鮮特務全部抓捕的英雄事迹。

　　從今天的角度看,幾乎所有被譯製過來的朝鮮電影顯然都是冷戰時代的必然產物,同時這些影片也都對大陸社會產生了很大的影響,因為二者有著相同的意識形態邏輯、思維和話語表達體系,譬如陣線分明的敵、我二元對立模式以及從肉體上消滅的武力解決方式。《看不見的戰線》就交代得非常清楚,南朝鮮派來的特務試圖破壞北朝鮮幸福的社會生活,而這個特務背後的黑手就是美國——影片稱之為美帝國主義;作為北朝鮮的敵對勢力,還有一個也被直接點了名,那就是日本。

　　也就是說,英雄的朝鮮人民面對的敵人是美國、日本和南朝鮮;「而片中充斥的階級鬥爭的觀念和概念化的表達方式,對於中國觀眾來說,太熟悉了,

當時接受起來完全沒有文化的和意識形態的隔膜」〔註4〕。因此，「朝鮮電影給過我們很多的記憶，悲壯和堅強曾經是金日成時代銀幕的主調」〔註5〕，同時，也是「人類亢奮而悲哀的仇痛與鬥爭」〔註6〕。

　　發表以上評論的網友，至少是從那個年代過來的，所以也多少有對大陸自己電影特色的體會和感慨。因為以《看不見的戰線》為代表的朝鮮電影，有著鮮明、強烈的時代特徵，而朝鮮戰爭之後六十年，南北雙方的地緣政治格局至今沒有改變，社會制度依然對立。南半個朝鮮的總統換了一個又一個，北半個朝鮮的國家政權卻依舊受到全體民眾的「一致擁護」，即使有世代性的移交也非常穩定，從爺爺金日成將軍直至孫子金正恩元帥，社會體制堅如磐石、不可動搖。那麼，對於當下的中國大陸民眾而言，再看往昔的朝鮮電影，恐怕感受會和三十年前多有不同甚至截然相反。雖然新的觀眾基本不會增加，但作為長時間的歷史性存在，無論從社會研究還是文化領域的角度與層面，都有進一步重溫和反思的必要。因為，歷史不允許後人忘記。

乙、《看不見的戰線》：意識形態與社會生態的跨時空共振

　　四、五十年前朝鮮電影在中國大陸的單向度傳播與社會影響，與其說是一段歷史，倒不如說，是當時大陸社會的一面鏡子，以《看不見的戰線》為例就可以看出，這部1965年出品、1970年譯製公映的朝鮮電影，無論在當時還是現在，一定程度上，都可以看作是1980年代初期中國大陸改革開放之前

〔註4〕　網友的評論：《看不見的戰線》（2009-01-24 23:35:43），出處網址：
　　　　　http://blog.sina.com.cn/s/blog_49caeda20100bzqo.html。
〔註5〕　small 脈望 2007-04-19，見《看不見的戰線》（豆瓣電影評論）簡短評論：網
　　　　　址：http://movie.douban.com/subject/1493587/。
〔註6〕　漸忘 2009-11-15，見《看不見的戰線》（豆瓣電影評論）簡短評論：網址：
　　　　　http://movie.douban.com/subject/1493587/。

的社會現實影像版——你只要把那些人名、地名換一下,完全可以當成一個地道的大陸影片來看。

子、「天羅地網」的組織架構

影片其實就是一條線,在家休假的安全部少校接到報告,說是發現了偷渡進來的敵特,經過調查和抓捕,最終連同潛伏在國內的壞人一網打盡,安全部門大獲全勝。故事沒什麼新鮮的,人們感受最強烈的,是遍佈全社會的敵情觀念和政治意識,這是貫穿全片的主題,也是貫穿整個社會和民眾生活的主線。這種情形,作爲觀眾一方的中國大陸民眾那是相當地熟悉,用當年的時興話語來形容就是「到處都有人民群眾雪亮的眼睛」。譬如偷渡入境的特務,搭了個便車就被彙報,吃了個飯就讓端菜的服務員察覺到不正常。此後他的一舉一動都在安全人員的掌握之中。換言之,影片中的社會是一個到處都有「警惕的眼睛」、隨時向有關部門報告的包裹型的組織。即使是「自己人」的生活問題,組織上和周圍的人們也都有很好的記憶力,譬如女青年順善幾年前和誰談過一次戀愛,大家都知道的很清楚。

對於潛伏在人民內部的特務,安全部門也始終瞭如指掌,知道的程度甚至比敵人還清楚,因爲敵人是單線聯繫。譬如女特務春玉就不知道她的上線「老狐狸」是誰——其實「老狐狸」就住在她家裏好多年。影片最著名的細節、給人留下印象特別深的橋段,就是女特務彈鋼琴的時候給遠在日本東京的美國軍官發電報。以致當時的許多觀眾特別是青少年,一直認爲壞人發電報和彈鋼琴是合二爲一的行爲,所以常常對會彈鋼琴的人充滿警惕。當然,女特務發的電報在敵人收到之前,就已經被朝方的安全部門截獲了。這個細節無非是說明,在社會主義的北朝鮮,人民群眾不僅生活幸福,對所有的敵人充滿警惕,而且敵人的一舉一動在「我們」的掌控之中,而敵人卻始終蒙

在鼓裏。應該說，當時的大陸觀眾對此毫無疑義，因為這邊也有無所不在的政工人員，每個人都有一份證明你清白與否、是否忠誠可靠的人事檔案——當事人一輩子都不知道里面被寫了些什麼。

丑、「好人」和「壞人」

影片當中的民眾分為兩個陣線鮮明的群體，那就是「好人」和「壞人」。前者就是廣大的革命人民，後者就是來自「南邊的」（「南朝鮮」）的反動派、反革命和潛伏在北朝鮮的特務和地主後代。「好人」都在北邊（這邊），數量龐大、人山人海，主要是由工人和農民構成，但以安全部人員為主導。「壞人」都與南邊有關係，而且主要是由知識分子構成，譬如醫院中的兩個大夫，一個是受到「壞人」蒙蔽幹了錯事的藥劑師，另一個就是徹頭徹尾的壞人，戴眼鏡的朴大夫；地主的一對兒女當然是壞人，男的被派回來搞破壞，女的在戰後始終潛伏在北朝鮮。從社會階層上看，這對兄妹也是知識分子出身，因為不僅能識文斷字還會彈鋼琴、發電報。這些「壞人」都有一個共同的特點，那就是始終受到敵人也就是美國人、南朝鮮偽政權和沒有出場的日本人的支持、指使和直接派遣，朴大夫、地主的兒子和女兒，還有那個外號老狐狸的潛伏特務都是如此。

　　再仔細分析就會發現，這些潛伏的特務和派遣進來的反革命分子，從其階級性的歸屬上看，都是原來被北朝鮮政權打倒和驅逐了的地主階級。影片中的一個情節很有代表性，地主的兒子和女兒冒著危險，半夜三更找到自己家的祖墳，挖出來一個包紮完好的瓦罐。罐子裏除了項鏈首飾之類的金銀財寶，最重要的是一本寫有姓名和土地數量的地契。這個情節此前已經在《南江村的婦女們》中一模一樣地出現過。對「壞人」來說，這是他們以往生活境況和被剝奪了的土地的證明，對好人們來說，這是「壞人」妄圖恢復他們以往社會地位的「變天賬」。這種情節對於當時的中國大陸觀眾來說簡直是太熟悉了，因爲這邊的許多電影裏就有類似的情節，「變天賬」這個稱謂其實是大陸「特產」，只不過這裏用在譯製片中而已。因爲，直到 1980 年代，大陸的電影也是以階級性來區分和規劃「好人」「好事」和「壞人」「壞事」的。

寅、「政治賤民」模式

　　影片中叫作崔德實的大嫂，也就是順善的媽媽，她的丈夫曾經當過屬於南朝鮮一方的軍人，所以影片中稱其當過「僞治安軍」。這種稱謂對於大陸觀眾絕不陌生，因爲凡是文藝作品中和「僞」字沾上關係的，都不是好人，甚至比壞人還壞，譬如「僞政權」、「僞軍」、「僞警察」等等，所以又常常將敵人和這種人打包捆綁，統稱「敵僞」。這種人即使是後來死了——就像影片中崔德實大嫂的丈夫那樣——他們的家屬，妻子、兒女，也不會有好日子過。因爲只要曾經是「那邊」的人，或者爲「那邊」幹過事，無論是自願的還是被迫的，性質都一樣。特務之所以盯上崔德實大嫂，就是因爲她的社會關係中有這麼一個政治化的歷史背景。而在一個新政權建立的社會生態中，這種人和他們的親屬——無論關係遠近——都是新社會、新國家的政治賤民，也就是低人一等、一有風吹草動就得被重點懷疑甚至整治、處理的對象。

　　朝鮮電影在大陸反覆公映和流行的年代，尤其是1960～1970年代，中國大陸社會中的這種政治賤民所在多見且數量龐大，《看不見的戰線》其實是一面外來的鏡子，照出了自家與人家相同的景象。譬如1950年代開始，大陸知識分子便飽受衝擊，從批判電影《武訓傳》、批胡適、批胡風、打「右派」，直至「文化大革命」。與此同時，各種各樣的「階級異己分子」被逐一定性、揪出、歸類，政治賤民的隊伍日漸龐大：資產階級知識分子、資產階級小知識分子、資產階級反動權威、地主、富農、反革命分子、壞分子、叛徒、特務、走資本主義道路的當權派……數不勝數〔註7〕。國民黨就是反動派本身，

〔註7〕有網民曾總結歸納如下：

反動派、剝削階級、運動對象、牛鬼蛇神、封資修大毒草、幫派體系、地主、富農、反革命分子、壞分子、右派分子、三反分子、歷史反革命、現行反革命、反革命武裝政變、反革命黑幫、反革命暴亂、反共分子、反黨聯盟、反黨集團、陰謀反黨集團、反動學術權威、反黨反社會主義、反馬克思主義、反攻倒算、反軍亂軍、資產階級、資產階級知識分子、資產階級代表人物、資產階級民主派、資產階級反動路線、資產階級反動思想、新生資產階級分子、資產階級情調、資產階級生活方式、資產階級靡靡之音、小資產階級、小資產階級狂熱病、走資派、一小撮走資派、走資本主義道路的當權派、正在走的死不改悔的走資派、死硬派、頑固派、保皇派、兩面派、托派、左傾機會主義、極左思潮、形左實右、漏網右派、右傾機會主義、右傾翻案、右傾翻案風、右傾翻案風的急先鋒、右傾翻案風的總後臺、黑幫、黑線、黑五類、黑爪牙、黑幫子弟、黑干將、黑秀才、黑手、投降主義、分裂主義、官僚主義、教條主義、無政府主義、賣國主義、錦標主義、爬行主義、享樂主義、唯心主義、修正主義、修正主義教育路線回潮、變節分子、胡風分子、聯動分子、自首分子、頑固分子、階級異己分子、四清四不清分子、五一六分子、投機倒把分子、中國的赫魯曉夫、赫魯曉夫式的人物、野心家、陰謀家、叛徒、特務、內奸、工賊、大黨閥、學閥、軍閥、狗崽子、封建地主階級孝子賢孫、帶著花崗岩腦袋見上帝的人、政治騙子、中國的納吉、臭老九、白專道路、洋奴哲學、崇洋媚外、裏通外國、走狗、買辦、變色龍、二月逆流、二流堂、三家村、四家店、四舊、國民黨殘渣餘孽、階級鬥爭熄滅論、削尖腦袋鑽進

美帝國主義就是後臺，在舊政權、舊軍隊裏幹過事的人、抗美援朝期間被俘後遣送回來的「志願軍」，與臺灣、香港或國外有海外關係的……無一漏「網」。問題是，不僅這些人在新社會沒有出路，他們的親屬和後代也飽受牽連。譬如小孩子入不了「少先隊」、大孩子入不了團、成人入不了黨，甚至工作和婚姻都解決不了。

卯、一元化的社會生態

這是整部影片的基調。實際上，所謂「反特片」強調的，就是居於絕對統治地位的政治力量對整個社會強有力的掌控。中國大陸觀眾對這一點對不陌生，也沒有排斥感，因為影片中人物的社會地位已經形象地說明了這一點。譬如，幹部、工人、農民有很高的社會地位，但這種「高」，一是概括的，二是相對的。幹部當中的安全部人員居於頂級，所以當時的觀眾對安全局官員家裏有電話、辦公室有電視的情形「羨慕死了」〔註8〕——即使是大陸，也是直到1980年代，普通民眾家庭才開始擁有電視機，1990年代中期，私人電話才開始對公眾開放安裝——影片中的安全部，在大陸觀眾這裏一般都理解成公安機關，因為當時大陸沒有對應的公開機構名稱。至於廣義上的工人和農

革命陣營、混進黨內、反攻倒算、獨立王國、閻王殿、保皇派、封資修、唯生產力論、物質刺激、人性論、小艦隊、小腳女人、小爬蟲、形而上學、封建奴隸制、孔孟之道、政治扒手、中庸之道、民主派、還鄉團、絆腳石、分數掛帥、業務掛帥、智育第一、白專道路、作風不正、作風問題、低級趣味、黃色下流、奇裝異服、生活腐化墮落、政治上的近視眼、挖社會主義牆角、偷聽敵臺、湖南幫、破壞上山下鄉、軍事俱樂部……，詳見：中國人罪名大全，作者：胡星斗，轉引自Annie 的春天公主的博客（http://blog.sina.com.cn/u/2549605057），該文網址：http://blog.sina.com.cn/s/blog_97f7e2c10101mkon.html。

〔註 8〕 朝鮮反特電影《看不見的戰線》（2010-3-28 12:25），出處網址：http://www.crystalradio.cn/bbs/viewthread.php?tid=110363&page=1。

民，在成爲意識形態中「領導階級」的同時，其社會地位通常僅高於各種類型的政治賤民，而「農民」的狹義稱謂本身，在許多情形下又是大陸貶斥對方的話語用詞之一。

　　崔德實的大嫂十二年前被懷疑故意放火燒了國家的藥房，後來證明那是階級敵人搗的鬼。安全部少校來調查後宣佈：「大嫂是長工的女兒，又是佃戶的妻子，我們有什麼理由要懷疑你呢？黨是相信大嫂的」。好，既然被黨相信，那麼下面的事情就順理成章了，跟黨走的人和被黨相信的人當然都會給出一個好的結局。譬如被敵特蒙蔽、利用的藥劑師，終於得到了黨和安全部門的諒解，大嬸也被政府治好了被敵特弄瞎了的眼睛、重見光明。這與眞的假的、編的還是演的都沒有關係，也不是一個藝術創造能說明解釋的問題，而是一個現實的選擇和榜樣的確立原則：聽黨的話、跟黨走、做黨的人，這才會有好的出路。朝鮮電影的宣傳性和導向性也就是政治正確性，與當時以階級性來劃分人群乃至決定其社會、政治、經濟和文化地位的大陸驚人地一致。所以大陸觀眾沒有不理解這個電影和這些臺詞的，這個電影甚至完全可以當作中國大陸自己的電影來看。

丙、《看不見的戰線》：社會環境與世俗生活的對應與不對應

　　從譯製時間上推斷，影片在中國大陸的公映應該是 1971 年以後，正處於「文革」從前期向後期的轉折期。此一時期的大陸社會，大規模、成系列的狂熱運動高潮已經過去，絕大多數民眾的思想意識多少有所覺醒，即「政治覺悟」有所降低。所以當時放映的朝鮮電影雖然很多，但無論如何分類，都是一個模式。因此人們在接受朝鮮式的政治教育和藝術薰陶的同時，更多地關注影片中相對世俗的事物並隨時與自己的生活現實加以比較。

子、家庭觀念和男性地位

　　當年許多的觀眾都對身爲安全部少校的男主人公印象深刻，因爲這與當時中國大陸社會和電影，有一致的地方，也有不一樣的地方〔註9〕。一致

〔註 9〕　我看這部片子應該是剛上小學的年紀，影片對這個男人的家庭、家庭觀念和他的家庭地位的表現始終讓我難忘。這個原因很簡單，一個人的價值觀、審美觀、人生觀，包括家庭觀和愛情觀，一般都是在少年時代形成的，家庭遺傳和社會影響大約各占動態性的一半，前者意味著「血濃於水」，後者涉及後天環境的塑成之力。影片中的少校在家裏是一個肯幹家務活的好丈夫、關心兒女的好父親，但接到命令後就立刻扔下家庭投入工作。在一定程度上，這個正面形象既是當時中國大陸社會男性地位的寫照，也多少影響著當時億萬青少年觀眾人格心理機制的形成。所以至今我也覺得，男人就應該是這個樣子，家裏家外都能當牛做馬、任勞任怨。

　　《看不見的戰線》表現這樣的家庭模式當然是政治文化信息輻射的結果，大道理講的是，在勞動黨領導下的北朝鮮，不僅社會幸福，而且家庭和諧。這個大道理當時我等未必明白，但小道理還是懂的，因爲當時周圍大多數中國人的家庭都是這樣，基本沒有家庭生活高於工作的概念。所以父母尤其是父親一心放在工作上，平時很少能顧得上家庭，家裏的事情大多要靠孩子們自己解決，譬如無論是男是女、年紀大小都得幹家務，當然男生也總會抽出時間去淘氣打架，然後回來接受父母教訓的皮肉之苦——沒挨過打的男孩子恐怕很少吧。

的地方是，家庭和家庭生活只是工作的附庸，其實沒有生活。譬如主人公為了工作可以扔下一切，家裏無論是孩子發燒還是老婆生病都不打緊，講的是「捨小家爲大家」的道理；主人公如果未婚，那就是爲了工作連見女朋友的功夫也沒有，幹好了工作，個人的事體也就解決了（《今天我休息》，上海海燕電影製片廠1959年出品）。《看不見的戰線》其實也是這樣的模式，所以主人公忙著抓壞人，沒時間去參加孩子學校組織的運動會，更不記得自己的生日。

　　但有意思的是，無論是正面人物還是反面人物，這部影片中的家庭和家庭模式都凸顯出男性高於女性地位的事實。譬如少校家裏，女的操持家務是正業，男的只是幫忙；更重要的是，他準備參加的是兒子學校的運動會。又譬如，同樣是地主的兒女，男的堅持要去看看亡父的墳墓，女的竟然當場大發感慨說：「看起來還是得有兒子啊」。這些都是男女不同的社會地位延伸到家庭的自然體現，與大陸電影大相徑庭〔註10〕。

丑、城市面貌與城市建築

　　當時人們只知道平壤是北朝鮮的首都，但並不知道，沒有經過特殊批准的人基本上是不能進入這個國家中心的。許多人以爲影片中的平壤就等於北朝鮮，或者說，以爲北朝鮮基本上是個城市化的國家，如果有農村，也都是《鮮花盛開的村莊》，而且還都處於《摘蘋果的時候》。這種認識現在來看當然是錯誤的。而且，1970年代的中國大陸，對城市的概念僅僅局限於北、上、廣三地，其他城市幾乎沒有進入人們的聯想視野。所以，看到只有很少幾座

〔註10〕 這與男尊女卑的簡單判斷無關，事實上它是東方文化的自然體現，因爲只有男人才被社會承認，可以傳宗接代，女人只是別人完成這一壯舉的合作夥伴兒。明白了這一點就會明白，東方人尤其是中國人爲什麼大多會重男輕女。

高樓的平壤，難免感到親切，以爲社會主義的城市都是這樣〔註11〕。

《看不見的戰線》當中，有許多居民小區的鏡頭和場景，基本上平房和自家獨立小院自成一體。這種建築和居住格局就是 2000 年後大陸居民熱捧、被稱作「躺好思」（Townhouse）的獨棟別墅。問題是，當時大陸普通民眾的居住環境極其惡劣，越是大城市，情形越嚴重，也就是人多房子小，根本不夠住的。所以看到影片裏朝鮮人民尤其是普通工人都住那麼寬大明亮的好房子時，無不對社會主義的北朝鮮產生羨慕，覺得「我們的將來」也會應該像這樣的生活——也就是現在，人們才知道，無論是過去還是現在，北朝鮮人民的生活恐怕都不是電影中的樣子。

寅、洗衣服、跪搓板和洗衣機

影片中女人洗衣服的鏡頭給從那個年代過來的大陸民眾留下的記憶，應該說是既特別又深刻，因爲過去一個男人或者女人結婚以後好不好的標誌之一，就是他或她是不是肯經常洗衣服——那個年代，所有的衣服都是拿手一把一把在搓板上洗出來的，無論嚴冬酷暑，從未間斷——光洗衣服還不打緊，

〔註11〕 實際上，直到 1980 年代，即使是北京也沒有特別高的樓，譬如老北京人所說的「大樓」，很長一段時間就是指王府井的百貨商店和西長安街南側的工會大樓。到 1980 年代中後期，北京最高的建築是位於東長安街北側的國際大廈，因爲外牆塗成巧克力色，所以俗稱巧克力大廈。1990 年代初期，北京最高的建築是地處東三環京廣橋西北角的京廣中心，2000 年以後，則是世貿三期最高——具體多高我不清楚，只知道有人喜歡中秋節跑到頂層餐廳吃飯賞月。我出生成長的那個北方省會城市，記得小時候最高的建築是隔街相望的一座陸軍野戰醫院，雖然只有五層樓，但始終覺得那個樓已經是相當地高了，所以除了 1990 年剛到上海被摩天樓震撼了半個月，至今也對更高的樓沒有膜拜之情。1999 年去紐約，則覺得世貿雙子塔高得沒有必要。後來明白，因爲我有恐高症。

要命的是洗床單、被罩甚至毛毯。尤其是到了過年的時候，寒冬臘月地，得把家裏所有的衣物都拿出來洗一遍。要知道，那時的冬天可比現在冷的多。更何況，先得一鍋一鍋地燒好開水，然後在一個巨大的洗衣盆一寸一寸拿手揉搓。現在想起，被洗涮的是人和人的生活。

正因如此，當時的人們都知道一個術語叫跪搓板，通常指的是妻子用來懲罰犯了錯誤的丈夫。電影中出現婦女洗衣服的場景，除了朝鮮電影還有阿爾巴尼亞電影。大陸洗衣機的普及是1980年代初期的事情，最早是單缸的，但很快就被雙缸的取代，到了1990年代又出現了滾筒式的。從這個意義上說，洗衣機的發明和出現，與其說是把婦女從繁重的家務勞動中解放了出來，不如說主要是解放了男人，至少使其免受皮肉之苦。所以1970年代的大陸觀眾從朝鮮電影中看到女性洗衣服的場景，與其說感到熟悉，不如說是感到親切——到底都是社會主義國家啊。

卯、男軍裝與女制服

當年的觀眾感歎說，「馬國哲身著有肩章的制服，嚴肅的表情更顯得特別英武和帥氣」〔註12〕。這種感受的主要原因是1949年後大陸軍人很高的社會地位及其巨大的社會影響力，尤其是青年人，幾乎都尊敬和嚮往這個職業。到了「文革」時期，這種尊敬和嚮往直接體現在對軍服的崇拜上。大陸軍隊1955年開始實行軍銜制，軍服的設計思路基本上參照了蘇聯軍服體系（軍銜也是如此），譬如大蓋帽和長板大肩章。我個人一直覺得這一版的軍服設計至今還是很帶感，最能體現和襯托東方男性的陽剛美。

〔註12〕 朝鮮反特電影《看不見的戰線》（2010-3-28 12:25），出處網址：http://www.crystalradio.cn/bbs/viewthread.php?tid=110363&page=1。

　　從《看不見的戰線》來看，朝鮮的軍警制服也是源於同一思路，即融入了蘇軍軍服的設計理念和審美元素，而這一點體現在女軍警身上又格外搶眼。譬如那個安全部門負責監聽敵臺的女報務員，（在旅館監視和錄音的貌似也是這個女特工），幾次正裝出場時沒戴軍帽，但著軍服佩戴肩章的形象讓人覺得性感至極。1965 年，出於政治權力再分配的考慮，在毛澤東的極力贊成下，大陸軍隊取消了軍銜制，大蓋帽也被軟體軍帽取代。「文革」爆發後，軍服上的裝飾物也只剩下「三點紅」，即紅帽徽和兩片紅領章。饒是如此，我還是覺得軍服好看而性感，尤其是女式制服。

辰、搭順風車和公共場所

　　那個從海上潛入的南朝鮮特務，上岸以後基本是靠兩條腿走路，走了一段後，他截住一輛運貨汽車要求「捎個腳」，也就是搭順路車或順風車的意思。當時的觀眾看到這個場景也都感到親切和熟悉，因為大陸也有這種風俗習慣，而且一直持續到 1980 年代初期。那年代，沒有出租車和私家車的概念，（汽車屬於國家所有），出門在外，除了偶而坐火車或長途汽車，絕大部分民眾的交通方式基本是靠走路，能搭或允許你搭的基本上是載貨汽車。搭車的人一般都會坐到車廂裏去，偶而才會被允許坐到駕駛室裏，就像電影中演的那樣。

　　從影片來看，北朝鮮的公共交通並非不發達，主要是沒有人員的流動。譬如汽車站沒幾個人，火車只出現了一個奔馳而去的鏡頭。這與當時的大陸一樣，人流和物流基本上是固化的。所以，人群密集的地方只有當地的公共場所。譬如順善和她男朋友重歸於好、再次見面的戲院（電影院？）——其內部和外部空間，以及整個建築格局的設計和人群的流動形式，與當時中國大陸的情形毫無二致。類似電影院這樣的公共建築和公共場所，北朝鮮和大陸一樣，其設計理念和風格都受到蘇聯文化的規劃和指導，譬如城市中心一般要有四大建築，即電影院、醫院、百貨商店和新華書店。

巳、敵我勢力和就業觀念

　　敵我勢力的表現有兩個基本點，第一，生活在朝鮮勞動黨領導下的人民生活無比幸福，而反動勢力譬如南朝鮮反動派、日本帝國主義和美帝國主義對此無比仇恨，想方設法搞亂破壞。第二，北朝鮮人民不僅無比忠誠自己的政黨領袖及其正確領導、無比熱愛自己身處的社會制度，而且隨時警惕並對敵對勢力和階級敵人給予無情的反擊和堅決的鬥爭。而無論是熱愛還是仇恨，每個人都有一個具體的體現，那就是不論哪行哪業，都對自己的工作盡職盡力。譬如安全部人員努力破案、醫生熱情為病患服務。

　　朝鮮電影中，官方的就業指導理念與當時大陸的情形多有對應之處。譬如影片讚揚順善對養豬工作非常熱心，她自己也很有成就感，回家跟媽媽說老母豬又下了十幾個崽什麼的。大陸觀眾對這些場景和對話多有會心之感，因為那時大陸社會一直在宣揚「革命工作只有分工不同，沒有高低貴賤之分」，就算是挑大糞也應該受到尊重。本來，一個正常的社會，無論何種職業都應該受到尊重〔註 13〕。但實際上人們都知道，無論是過去還是現在，階級和職業的差別和歧視始終存在。官方的強力宣傳和指導，恰恰證明著社會上不正常現象的廣泛存在。

〔註 13〕　我二十歲當老師後就經常教導學生，掃大街也好擦皮鞋也罷，其實都是一份有尊嚴的工作，前提是你得把它做好。無論社會體制如何，工作無所謂高尚不高尚之分。這其實是一個社會發達與否的標準。譬如有人講，為什麼日本比中國強，舉一個例子，日本有很多小的作坊，是幾代人甚至十幾代的承傳，而且他們以此為榮，而中國在這方面的歷史就不盡如人意，可能兩代的交接都沒完成。一個國家的強大，其實總是要軟實力來說話。草民有尊嚴，國家才有尊嚴，這種因果，不能倒置。

丁、結語

　　近十年來，我經常在大學的課堂上放映外國電影，其中包括一些北朝鮮電影，學生反應各異。譬如放完《看不見的戰線》，講解之前我問這電影好看嗎？搖頭的都是八零後，連頭都不搖的是九零後。而對於當年的觀眾譬如我這個六零後來說，現今無論是對這個電影還是其他朝鮮電影，內心的感受都不是一兩句話就能說清楚的。因爲那個時代被譯製公映的北朝鮮電影，與其說有著濃重政治色彩的北朝鮮特徵，不如說有著太過剛烈的大陸接受語境和審美判斷標準。所以，現在的人應該不會再看，即使看了一遍的人，這輩子應該也不會再看第二次了。

　　從 1950 年朝鮮戰爭爆發，到 1953 年朝鮮戰爭結束至今，戰後六十年來南北朝鮮的格局依然沒有改變，朝鮮半島依然是一分爲二、南北分裂。從社會制度上說，南北依然對立，社會主義制度和資本主義制度各行其是。譬如南邊換了一個又一個的總統，而且下臺的總統既有被關進監獄的，也有反省、自殺的，當然不乏善始善終的；反觀北邊，一家三代領導人雖有交接，但國家政權依然運行於既定框架內，據說還始終受到全體民眾的一致擁護，社會體制堅如磐石、不可動搖。

　　那麼，對於往昔北朝鮮電影的中國大陸觀眾來說，再看見以往的北朝鮮電影，恐怕感受會和三十年前大相徑庭。與此同時，新的觀眾基本不會增加，舊的觀眾日漸老去。倒是從十年前開始，就有眾多的人尤其是年輕觀眾去關注和擁薦韓國電影，他們的狂熱和感歎，其實和那些老人們並無本質不同，區別只是對象不同、時代不同。這裏面也許有孰是孰非的問題，也許這個問題本身就成問題。就我個人而言，對這個影片，和以這個影片爲代表的北朝鮮電影的評價，可以借用《看不見的戰線》當中的一句臺詞來總結，那就是：

　　「一個戲要是過分誇張就失去了真實性」。

　　倘若今天的人們再看《看不見的戰線》，首先會對影片中的階級鬥爭和鬥爭理念有所保留甚至全盤否定，因爲越來越多的人都多少知道，北朝鮮民眾的生活恐怕並不都像影片所表現的那樣快樂。其次，越來越多的人也會想到，在公映這些朝鮮譯製片的 1970 年代，大陸民眾自己的生活同樣也並不像當時自己的電影所表現的那樣，譬如普通民眾的生活是如何地幸福等等。第三，過去的年代，強調的是國與國之間、人與人之間你死我活的二元對立，現今講的是和諧。從大的時代潮流上說，世界範圍內的冷戰時期已經過去，經濟發展取代了意識形態的碰撞和對決，上一代是那樣，下一代應該不會重複那樣的悲劇了。這一頁歷史，應該說大致已經翻過去了。因爲，物轉星移，天旋地轉，當日風情，今日不再。

戊、多餘的話

子、「老狐狸」的代號

　　此次重看這部影片，潛伏特務老狐狸是一個重溫的要點人物。以前只是對「老狐狸」這個人物的印象比較深刻，這次再看，突然發現一個很好玩兒

的事情，那就是美國人給老狐狸取的英文代號：「OB」。以前之所以沒太在意，是因爲當年看電影時正值 1970 年代，英文都屬於帝國主義或資本主義的東西，再說那時我還上小學，對英文一無所知，也就沒什麼特別的感覺，（那時連初中甚至高中都是不開設英文課程的）。

這次總覺得怪怪的，因爲這個英文字母組合，貌似在什麼時候曾經不間斷地在公眾的視聽範圍內反覆出現過。想了半天，終於想起來了，這不就是 1990 年代大陸廣告當中大肆宣揚的一種婦女衛生用品名稱麼？這個廣告創意眞的很奇葩。因爲首先它極爲貼切，「老狐狸」是特務，潛伏得很深，只有自己人知道，外人不知道；其次，特務嘛，總是隱藏在不爲人知的地方，做些不能讓外人看見的勾當。贊〔註14〕。

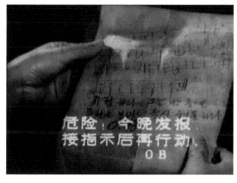

丑、阿里拉與阿里郎

特務醫生朴成律和南朝鮮派來的特務，也就是他老婆李春玉的哥哥宋德寶（他的大舅哥）在旅館裏接頭，雙方見面後，暗號是這樣的一問一答：

「你拿的什麼書？」

「歌曲集」

「是什麼歌曲？」

「阿里拉」。

當時的觀眾估計很少有人知道什麼是「阿里拉」，現在有網友懷疑，這其實是「阿里郎」的另一個譯名〔註15〕。這個推測是對的，因爲迄今北朝鮮還

〔註14〕 有人提醒我，OB 也可能是 Old Boy 的縮寫；也有可能是韓國 1933 年創始的藍牌啤酒 Oriental Brewery 的簡稱。

〔註15〕 網友的評論：《看不見的戰線》（2009-01-24 23:35:43），出處網址：http://blog.sina.com.cn/s/blog_49caeda20100bzqo.html。

有一種譽滿全球的大型歌舞節目叫《阿里郎》。這個節目據說每次參加表演的人數都超過數萬，而且是專對外賓演出的創匯節目。因此，讓特務接頭帶這本書比較合適。既有民族性，又有政治性傾向性，總之不能讓他帶領袖語錄或其他文藝書籍。

寅、南朝鮮和北朝鮮

影片當中，無論官方還是民眾，口口聲聲都把另一半朝鮮稱作「南邊」或「南朝鮮」。其實這種稱謂和當時的中國大陸一樣，而對於北朝鮮，無論官方還是民眾，大陸這邊的標準稱謂是「朝鮮」，官方報導和聲明當中則使用「朝鮮民主主義人民共和國」全稱。這種情形一直持續到 1990 年代，即使不久就與韓國（大韓民國）建交（1992 年）之後，人們平時也還這麼稱呼，當然大多是成年人，但當年的褒貶之意也已消減不少。1990 年代中期以後，韓國在大陸社會的影響越來越大，電影（還有電視劇）更是洶湧而入，勢頭不亞於當年的朝鮮電影，乃至有「哈韓」之說。風水輪流轉，換了新東家。

1990 年代初期我在上海讀研究生，有一次系裏舉辦了一個有韓國留學生參加的學術研討會。忘了是談到什麼問題，一個韓國學生講著講著，突然用漢語很激動地說了一番話。大意是，我們對你們大陸一直稱呼是中國的，可你們一直把我們叫做南朝鮮，我們現在不是南朝鮮，我們是韓國。這個男生的這番話當時讓我感到震驚，現在我想，那時中國大陸民間這種具有意識形態價值取向的稱謂讓人家很傷心。但這種現象是幾十年的歷史遺留問題造成的，消除其影響還是需要時間——現在，這個問題已經不是一個問題了。

卯、「老狐狸」和他的女下級

潛伏特務朴成律和他的老婆李春玉都是「老狐狸」的下級與「下線」。多年來，「老狐狸」就以朴成律在戰爭期間收留的孤老名義住在他們家裏。但李

春玉既不知道這個老頭子是他們的同夥，更不知道這老頭還是他們的頂頭上司，所以動不動就讓丈夫把他攆走。影片中有一個情節，那天李春玉又對著朴成律大喊大叫，非要丈夫攆走老頭。朴成律問爲什麼，李春玉說：「哼，他把手伸到我的手提包裏面去了」。當年我看到這個情節也就信以爲眞，覺得老頭子可能是去偷拿錢或是翻看了什麼東西，現在想來恐怕不是這麼簡單。朝鮮電影和中國大陸電影一樣，凡是壞人，一般來說，不僅思想反動、人長得難看，道德品質也很差，尤其是性欲比較旺盛。所以，估計李春玉是說老頭子把手伸到不該伸的地方去了——也許是影片譯製時做了善意的技術處理？——否則女人不會這麼聲嘶力竭地大發脾氣。

辰、北朝鮮也有過好日子

1990 年代以後，北朝鮮的經濟狀況不佳，民眾的日子不好過，據說連年饑荒，飯也吃不飽。許多人以爲北朝鮮人民的生活水準一直很低，早在 1980 年代，民間就有過類似傳聞。但實際上，由於「二戰」後朝鮮的經濟加入了蘇聯主導的「經互會」體系，所以，「在冷戰時代的大部分時間裏，朝鮮民主主義共和國的經濟狀況和人民生活水平都是要高於南朝鮮的。……朝鮮在經互會中主要是負責提供一些低端的原材料及粗加工品，再從蘇聯及其他社會主義陣營國家換得工業品及原油（朝鮮國內多煤而貧油）。……朝鮮農業採用的是一種以油換糧的模式，就是通過大量的石油消耗搞機械化的農業，同時依賴大量的化肥來改良土壤。在冷戰結束之前，這種模式一直保證朝鮮國內的糧食可以自給自足。……由於有良好的經濟狀況加上比較公平的財富分配體制，當時朝鮮老百姓的日子過得其實是很不錯的，甚至一度讓中國老百姓羡慕。當時中國處於東西方一起封鎖的狀態，而朝鮮則背靠著經互會搞開髮

式經濟，人口又不多，物質豐富程度自然要好於中國」〔註 16〕。今年也有文章證實了這一點〔註17〕。

巳、延伸讀片（按譯製時間排序，黑體標出的為產生重大影響的影片）

1、《春香傳》，出品時間不詳，長春電影製片廠 1960 年譯製；

2、《1211 高地保衛者》，出品時間不詳，長春電影製片廠 1964 年譯製；

3、《南江村的婦女們》，1964 年出品，長春電影製片廠 1965 年配音複製；

4、《血海》（上下集），出品時間不詳，長春電影製片廠 1970 年譯製；

5、《鮮花盛開的村莊》，1970 年出品，長春電影製片廠 1971 年譯製；

6、《摘蘋果的時候》，1971 年出品，長春電影製片廠 1971 年譯製；

7、《賣花姑娘》（寬銀幕），1972 年出品，長春電影製片廠 1972 年譯製；

8、《軋鋼工人》（寬銀幕），1972 年出品，長春電影製片廠 1973 年譯製；

9、《原形畢露》，1970 年出品，長春電影製片廠 1973 年譯製；

10、《永生的戰士》，1973 年出品，長春電影製片廠 1973 年譯製；

11、《一個護士的故事》，1971 年出品，長春電影製片廠 1973 年譯製；

12、《延豐湖》，1974 年出品，長春電影製片廠 1974 年譯製；

13、《金姬和銀姬的命運》，1974 年出品，長春電影製片廠 1975 年譯製；

14、《火車司機的兒子》，出品時間不詳，長春電影製片廠 1976 年譯製；

15、《無名英雄》（20 集），1978～1981 年攝製，長春電影製片廠譯製片廠 1982 年譯製；

〔註16〕 王偉：《影響東北亞政局的因素——看懂世界格局的第一本書之藍色戰略》（連載之四），世界圖書出版公司 2013 年版，轉引自《作家文摘》2013 年 8 月 16 日第六版。

〔註17〕 參見秦軒、張哲、鄭李、陳璿：《中朝關係一甲子》，載《南方周末》2012 年 12 月 23 日 B12 版。

16、《不能受動的英雄》，出品時間不詳，長春電影製片廠 1983 年譯製；

17、《沒有回來的密使》，出品時間不詳，長春電影製片廠 1984 年譯製。

〔註 18〕

初稿日期：2010 年 11 月 5 日

初稿錄入：李艷

二稿日期：2010 年 11 月 11 日

〔註 18〕　本章收入本書前，曾於 2013 年將正文的文字部分（即不包括戊、多餘的話），
　　　　　約 16000 字向外投稿，最終以《20 世紀六七十年代朝鮮電影在中國大陸傳播
　　　　　的文化機制——以〈看不見的戰線〉爲例》爲題，發表於 2014 年《燕趙學刊》
　　　　　春之卷（石家莊，半年刊）。得以發表的文字約 6500 字左右，並且刪除了所
　　　　　有的注釋。因此，除了大、小標題，本章正文中的黑體字部分，均爲表示被
　　　　　刪除的標注。特此申明，同時將自行翻譯的**英文摘要**附呈讀者批判。

**Cultural Mechanism on Disseminating of North Korean Films in Chinese
Mainland in 1960s-1970s: A Case Study Based on Invisible Front**
Abstract: Who didn't see a North Korean film if they lived in 1970s' China?
Don't they know North Korea that is so much like or so much unlike Chinese
mainland，even though they didn't experience that time and see any North Korean
film? The North Korean films shown at that time，like all other foreign films，
offered a window for Chinese to look at the outside world，and also constructed
one of the strongest foundations for people's cultural lives and spiritual world. The
classic film lines，remembered scenes and shots，even some characters' behavioral
consciousness，languages，costumes，over the decades，although all of these have
slowly faded out people's memory，they did exist and greatly influence Chinese
mainland. *Invisible Front* is an example，which testifies China and North Korea
had some common in ideology and mundane lives.
Key words: North Korean film; Chinese mainland; disseminate; cultural
mechanism ; *Invisible Front*

二稿錄入：朱洋洋
三稿改定：2013 年 10 月 26 日～11 月 11 日
校改修訂：2015 年 2 月 25 日～28 日